A MITOLOGIA EM GAME OF THRONES

A MITOLOGIA EM GAME OF THRONES

AS REFERÊNCIAS MITOLÓGICAS NO UNIVERSO FICCIONAL DE GEORGE R. R. MARTIN

GWENDAL FOSSOIS

Tradução:
Caroline Micaelia

 Planeta

minotauro

Copyright © Éditions de l'Opportun, 2019
Copyright © Editora Planeta do Brasil, 2019
Todos os direitos reservados.
Título original: *La mythologie selon Game of Thrones*

Este livro foi publicado em acordo especial com Éditions de l'Opportun em conjunto com seu agente literário devidamente designado 2 Seas Literary Agency e seu coagente Villas-Boas e Moss Agência e Consultoria Literária.

Preparação: Andrea Bruno
Revisão: Karina Barbosa dos Santos e Laura Vecchioli
Diagramação: Marcela Badolatto
Capa: Jonatas Belan
Imagens de capa: MicroOne/Shutterstock
Imagens do miolo: Meyer, Franz Sales Handbook of Ornament (New York, NY: The Bruno Hessling Company, 1904)

Dados Internacionais de Catalogação na Publicação (CIP)
Angélica Ilacqua CRB-8/7057

Fossois, Gwendal
 A mitologia em Game of Thrones / Gwendal Fossois ; tradução de Caroline Micaelia. – São Paulo : Planeta, 2019.
 208 p.

ISBN: 978-85-422-1731-5

1. Mitologia na literatura 2. Game of Thrones - Crítica e interpretação I. Título II. Micaelia, Caroline

19-2240   CDD 813.54

2019
Todos os direitos desta edição reservados à
Editora Planeta do Brasil Ltda.
Rua Bela Cintra, 986 – 4º andar – Consolação
01415-002 – São Paulo-SP
www.planetadelivros.com.br
faleconosco@editoraplaneta.com.br

SUMÁRIO

PREFÁCIO 11

FOGO E GELO
Dois elementos fundamentais 17

WINTER IS COMING 19
O nascimento do mundo 19
Fogo *versus* gelo 21
Do Ginungagape ao Ragnarök 22

É NO PÉ DA MURALHA QUE SE VÊ MELHOR A MURALHA 27
A construção da Muralha 27
As fortificações de Troia 29
A muralha na origem do mundo 29

ALGUNS CAMINHANTES E UM PRATO CHEIO DE VENTO GELADO! ... 33
Puro de corpo e espírito 34
Dos caminhantes aos Filhos da Floresta 36

ALGUÉM VIU O LOBO GIGANTE? 38
O nascimento de Apolo e Ártemis 38
A fundação de Roma 39
Astúcia e poder 40

UM DRAGÃO PODE ESCONDER OUTRO 45
Um dragão de uma ou mais cabeças 46
Dragões são criaturas do mal? 47
De Fafnir a Merlin 49
Filhinhos da mamãe 50

FOGO E TERRA

O mundo conhecido, com ou sem dragões 57
  O BOM, O MAU E O TRONO 58
    A caça ao Trono 58
    Ser bom e justo 61
    Do Norte a Dorne 63
    $7 X_7$ = GoT 65
  A GOTA D'ÁGUA QUE FAZ A COROA
  TRANSBORDAR 70
    Água: obstáculo ou estratégia? 70
    Os homens de ferro e o Deus Afogado 73
  VALÍRIA: O MISTÉRIO DA CIDADE ENGOLIDA 79
    De Atlântida a Ys 80
  O ORIENTE, AS NOVE CIDADES E UM POUCO DE
  MAGIA: QARTH E O MAR DOTHRAKI 86
    A fascinação pelo ouro 86
    Da magia e dos bruxos 88
  O ORIENTE, AS NOVE CIDADES E UM POUCO
  DE MAGIA: HARPIA E BRAAVOS 92
    Braavos e o titã 93

FOGO E SANGUE

Personagens até a última gota 99
  CAVALEIROS DE PERDER A CABEÇA 101
    A donzela de Orleans 102
    Artur Pendragon 103
    Gelo, Excalibur e Durindana 104

CATELYN: "FUI A UM CASAMENTO E ACORDEI
TRANSFORMADA EM ZUMBI: PQP" 110
    Um banquete sangrento 110
    Senhora coração de pedra 114
AS TRÊS REGRAS DE CERSEI:
FAMÍLIA, PODER E SADISMO 120
    Cersei, a feiticeira 121
    Cersei, a rainha 122
    Cersei, a venenosa 123
MELISANDRE DE MUITAS FACES 129
    O símbolo do fogo 129
    Sacrifício e bruxaria 131
    A profeta 133
BÁRBAROS SAINDO PELO LADRÃO 135
    Bárbaros de ontem e de hoje 135
    Os centauros 137
    Sexo e violência 138
    Europa e as sabinas 139
    A boa carne... humana 141

FOGO E BUSCAS

A saga dos heróis 145

A VIAGEM INICIÁTICA DE TYRION 147
    Dioniso, nascido duas vezes 147
    O caminho, da Muralha a Essos 149
    Ser diferente é legítimo 150
DUAS IRMÃS PARA UM REI (DO NORTE) 154
    Antígona e Ismênia, lados opostos 154
    Os Homens Sem Rosto 155
    A Odisseia de Arya 158
    Sansa, a nova Helena 159

BRAN, O BENDITO -
E OUTRAS HISTÓRIAS DE CORVO 165
   Bran, o Gaulês 165
   O passáro de plumas negras 167
   O corvo de três olhos 168
   De volta às origens 171
JON, FILHO DOS DEUSES - OU QUASE 173
   Até que é legal ser bastardo 173
   O novo Héracles 175
   O novo rei Artur 177
   Um problema edipiano 178
   O Rei está morto! Viva o Rei! 180
DAENERYS: CINCO LIÇÕES
PARA APRENDER A REINAR 184
   Daenerys, a valquíria 185
   Daenerys, a miceniana 187
   Daenerys, a mãe adotiva 187
   Daenerys, a legisladora 189
   Daenerys, a messias? 190

A DOIS PASSOS DO TRONO DE FERRO 193

ÍNDICE REMISSIVO 199

prefácio

No princípio, as terras eram vastas e cobertas de florestas. Algumas pessoas teriam ficado surpresas com a construção de uma torre ao norte do estuário do Água Negra. Surpresas em observar o povo se amontoar em volta dessa pequena aldeia que em breve se tornaria a capital, Porto Real. Então, do outro lado, num lugar em que o poder político era mais forte, por onde já se espalhavam campos perfumados, os territórios eram partilhados entre sete suseranos. Isso foi pouco antes do ano 1; pouco antes de Aegon Targaryen, o Conquistador, fundar o reino do Crepúsculo, ou os Sete Reinos; pouco antes de ele construir o imponente Trono de Ferro, com mil espadas de seus inimigos derrotados, fundidas pelo dragão Balerion. Antes de Aegon se tornar rei dos Ândalos, dos Roinares e dos Primeiros Homens.

Pouco menos de trezentos anos mais tarde, depois de o povo ver nada menos que quinze outros reis da dinastia Targaryen esfregarem o traseiro nesse trono perigosamente cortante, um golpe de Estado levou à liderança um dos suseranos dos Sete Reinos: Robert Baratheon, o Usurpador, que assumiu a coroa durante quinze anos, até sua morte. E isso em benefício dos Lannister, caracterizados pelo emblema do leão, os quais, dizia-se, sempre pagariam suas dívidas. Ou não, no fim. E daí em diante, é guerra – entre o Norte e o Sul, entre o Sul e o Sul, entre o Norte e o Norte, entre o Sul e as cidades livres, para além do Mar Dothraki. É guerra em todo lugar, com o objetivo comum de chegar a esse trono de lâminas, dito potencialmente mortal.

Esse universo é venerado por mais de 15 milhões de fãs (16,5 milhões de pessoas assistiram ao episódio final da sétima temporada, em 2017)[1] em mais de sessenta países de todos os continentes! Os livros chegaram a mais de 70 milhões de exemplares vendidos. E isso sem falar no download ilegal, que também chega a uma soma violenta.

Mas por quê? Como George R. R. Martin se tornou o feliz autor de uma gigantesca indústria de ficção que faz tanta gente feliz?

Ele criou um cenário romanesco inspirado livremente em nosso fecundo imaginário, estimulado pela cartografia

---

[1]. Bastien Hauguel, "Game of Thrones: la saison 7 est celle de tous les records", em *Le Point.fr*, agosto de 2017 (artigo consultado em setembro de 2018).

histórica. O próprio autor admite ter recorrido a *Senhor dos anéis*, buscando, ao mesmo tempo, construir um mundo um pouco mais realista. Com menos criaturas fantasiadas, é claro, mas ainda ancorado num universo medieval provável, comparável à Inglaterra que, no fim da Idade Média, sofria com os espasmos causados pela Guerra dos Cem Anos. E esse não é o único elemento que recorre à história ocidental. Os dothrakis lembram claramente os exércitos mongóis. As cidades livres e Valíria remetem às cidades gregas e ao Império Romano, e a Baía dos Escravos muito deve à Pérsia antiga e à Mesopotâmia. Sem contar que há também o Casamento Vermelho, inspirado diretamente na sangrenta história da Grã-Bretanha... É de perder a cabeça!

Tudo isso coexiste alegremente num anacronismo assumido, que compõe um universo de fantasia cujos limites nem sempre são claros. Isso porque em *Game of Thrones* há magia, ou melhor, magias: homens ressuscitados por algum mistério desconhecido, pessoas que são expostas ao fogo e não morrem queimadas, dragões e lobisomens, além dos personagens que mudam de aparência e daqueles que podem entrar na mente de animais... Mas o pior de tudo são as hordas de mortos-vivos congelados até os ossos, que seriam simplesmente ridículos se não fossem assustadores.

Guiado por esses povos e pela história romanceada, George R. R. Martin mergulha de cabeça nos mitos e, com eles, faz uma bela mistura a fim de compor um pano de fundo que não para de perturbar o curso normal dos eventos. Ora, o que seria de Daenerys sem seus dragões? Quem ligaria para a Patrulha da Noite se não fossem os estranhos Caminhantes Brancos do outro lado da Muralha? E de onde sai alguém como Melisandre, no final das contas?

O autor esconde múltiplas referências a lendas e mitos gregos e romanos,[2] arcaicos e clássicos, mas igualmente aos nórdicos, anglo-saxões e arturianos, além de referências quase nítidas às religiões e crenças pagãs, as quais dão total sentido ao universo mágico tecido por ele. Este livro convida você a redescobrir a sua saga preferida por meio de uma leitura desses mitos.[3] É um passo além para compreender o universo místico e atrativo composto ao longo dos cinco livros e das oito temporadas da série, para que seja mais bem aproveitada a trama que se encena por trás destas três célebres palavras: *Game of Thrones*.

---

[2]. A mitologia greco-romana é fervilhante e, por isso, uma mesma história pode ter muitas versões. Esta obra se fundamenta em um painel rico de autores, entre os quais: Hesíodo e Homero, mas também Apolodoro (ou Pseudo-Apolodoro). Para ir mais longe na análise, vale ainda recorrer ao trabalho de historiadores especialistas no assunto. Jean-Pierre Vernant, por exemplo, propôs estudos exaustivos sobre a civilização grega e sua expressão primeira nos mitos. Ver *L'individu, la mort, l'amour: Soi-même et l'autre en Grèce ancienne* (Paris: Gallimard, 1989).

[3]. Grande parte da mitologia grega foi retomada pelos romanos, o que explica o fato de que alguns historiadores tratam de ambas as civilizações. No entanto, divergências são frequentes. Para distinguir as duas mitologias, neste livro, são utilizados os nomes gregos ou latinos correspondentes. Por exemplo, as genealogias divinas gregas colocam em cena Zeus, deus do Olimpo. Na versão romana, ele é chamado Júpiter.

fogo e gelo

dois elementos fundamentais

WINTER IS COMING...

O manto branco se estende por milhões de quilômetros, em relevos montanhosos marcados unicamente pelas sombras dos homens e de outras criaturas que deixam suas pegadas nesse espesso tapete imaculado, embora seus traços impressos no solo congelado desapareçam quase imediatamente, varridos pelo vento empoeirado e pelas tempestades de neve.

Viver no Norte não é uma coisa simples – qualquer selvagem pode confirmar. Da Muralha a Winterfell, ninguém para de repetir, às vezes em tom de brincadeira: o inverno está chegando, sim, e ele não vem sozinho.

Nessa região extrema dos Sete Reinos, mulheres e homens estão acostumados ao rigor do frio. Mesmo assim, eles temem os períodos invernais como temem a peste; trata-se, afinal, de longos momentos nos quais o sol é quase inexistente, as colheitas são reduzidas, e – assim dizem – terríveis criaturas podem ganhar vida.

O NASCIMENTO DO MUNDO

No universo de *Game of Thrones*, os verões e os invernos têm longa duração, chegando às vezes a perdurar por anos a fio. É nesse contexto que se insere a disputa pelo reino. E o tema da oposição, por mais maniqueísta que possa parecer à primeira vista, encontra-se no núcleo de diversos mitos.

Em todas as civilizações, desde a Grécia Antiga até a formação do pensamento judaico-cristão, os homens observam as coisas à sua volta com um olhar que se manifesta por meio de uma escala de valores entre o bem e o mal. Se nos debruçássemos sobre as grandes epopeias gregas, poderíamos pensar no difícil retorno de Ulisses, na *Odisseia*,[4] uma vez que o rei navegador se coloca em oposição às criaturas maléficas que tentam atrapalhar seu caminho. Mas até mesmo antes disso, na Guerra de Troia,[5] quando os benfeitores aqueus (os gregos) se unem para salvar a honra de Menelau contra os troianos, após o sequestro da bela Helena. Era então preciso vingar o rei de Esparta – e, se desse para salvar Helena, melhor ainda! Envolvidos no jogo, os próprios deuses colocam-se numa situação de oposição: Poseidon, Athena, Hermes e Hefesto contra Apolo, Ártemis, Ares e Afrodite.

Essa dualidade existe desde a origem da mitologia. É sua razão de ser. Ela justifica a existência dos homens, esses mortais que consistem numa cópia malfeita dos deuses – para a alegria de Prometeu. As genealogias divinas, desenhadas por Hesíodo no século VIII a.C., justificam a criação dos deuses como fruto de uma oposição entre a Terra (Gaia) e o Céu (Urano).[6] Na origem do mundo, eles eram grudados

---

[4]. Homero, *Odisseia*. São Paulo: Penguin/Companhia das Letras, 2011.
[5]. Homero, *Ilíada*. São Paulo: Penguin/Companhia das Letras, 2013.
[6]. Hesíodo, *Teogonia*. São Paulo: Hedra, 2013.

um no outro e, com o desenrolar dos eventos, o Céu não parava de engravidar a Terra: uma gravidez permanente e desagradável. Mas eis que um belo dia um desses alegres rebentos, Cronos (o futuro pai de Zeus), usa uma foice para arrancar o sexo do Céu, que se distancia imediatamente da Terra, tamanha a dor, e nunca mais torna a descer.

FOGO *versus* GELO

A oposição entre dois estados é uma constante em *Game of Thrones*: entre o bem e o mal, entre os selvagens e os outros humanos, entre a vida e a morte. Mas é sobretudo na dualidade entre fogo e gelo que se baseia o particular universo da saga.

O episódio piloto da série já dá o tom: o frio do Norte se opõe violentamente à leveza de Porto Real e, mais do que isso, à leveza de Essos, onde Daenerys adentra uma banheira cuja água fervilhante certamente a teria queimado, fosse outro o caso. A primeira imagem que o espectador tem da jovem oferece um indício de peso sobre o final da primeira temporada: não, a filha de Aerys II, conhecido como Rei Louco, não teme as chamas. Ela carrega no sangue *o fogo do dragão*...

Ao longo da saga, o paralelo entre fogo e gelo é permanente. Ele é marcado pela marcha em forma de busca liderada, de um lado, por Daenerys e seu clã em direção à Fortaleza Vermelha e, de outro, pelos Caminhantes Brancos em direção a Porto Real. Esse paralelo se rompe no instante em que os dois elementos se afrontam, no fim da sétima temporada. De repente, a potência do fogo cuspido pelos dragões da pretendente ao Trono, que em geral dão a impressão de serem invencíveis, é esmagada pela mira certeira do Rei da Noite. Viserion, trespassado pela lança de gelo, desliza lentamente em direção às profundezas e desaparece sob o manto branco. Esse combate simbólico, aguardado desde o nascimento dos dragões, marca o fim daquela dupla busca. Com Viserion transformado em espectro, o Exército dos Mortos pode finalmente atravessar a Muralha e, ao mesmo tempo, Daenerys pode, pela primeira vez, adentrar Porto Real.

DO GINUNGAGAPE AO RAGNARÖK

Essa dualidade se fundamenta basicamente no mito nórdico do Ginungagape, que conta a origem do mundo. Ela está no núcleo do *Völuspá*,[7] poema composto no século X. O Ginungagape era um poço sem fundo que precedia a criação do cosmos. Ele separava dois universos opostos: Niflheim, o mundo de gelo, e Muspellheim, o reino do fogo. É o encontro dos dois elementos que permite a criação dos homens.

Entediado no Muspellheim, um gigante, único ser vivo ali presente, começa a soprar fogo em direção ao fundo do abismo. Com isso, o gelo acaba derretendo, e o vapor que sai dele termina por criar Ymir, cujo corpo dá vida a Midgard, reino de domínio dos Homens.

---

[7]. Lee M. Hollander, *The Poetic Edda*. Austin: University of Texas Press, 1986.

Winter is coming...

O *Völuspá* traça um paralelo com o Ragnarök, profecia do fim do mundo, na qual os elementos, no sentido oposto ao do mito da criação, passam a ter uma função, e na qual o frio adquire um papel central. Pouco antes da desaparição dos Homens, mas também dos deuses e de outras criaturas mágicas, um inverno de três anos invade o mundo. É exatamente essa a profecia anunciada pelos Stark e pela Patrulha da Noite: o inverno está chegando. E ele vem com um fedor de morte de arrepiar os cabelos.

No mito do Ragnarök, as torrentes e o fogo põem fim à destruição. Salvo que, nele, ela não é negativa, uma vez que simboliza o renascimento do mundo. O que se retrata, no caso, é o mito judaico-cristão do Apocalipse e, com ele, alegorias exemplares – entre as quais a do Dilúvio, em que um casal humano deve sobreviver para fundar uma nova civilização.

Em *Game of Thrones*, o renascimento passa por um conjunto de buscas iniciáticas empreendidas por uma nova geração: Daenerys, que tem apenas 14 anos no início do primeiro livro (16, na série), Arya (9/11 anos) e Jon (14/17 anos), para citar somente alguns. As gerações anteriores vão se apagando em torno deles para lhes dar a possibilidade de liderar, à sua maneira, um Ragnarök simbólico que definiria os contornos de uma nova civilização, baseada em valores que lhe são próprios. Paralelamente, essa passagem apoia-se no nascimento de duas espécies de animais extraordinárias, que marcam, ambas, a estrutura narrativa do início da saga, dando ritmo à sequência.

Além disso, essa jovem geração deve construir suas primeiras armas e liderar buscas para apreender e conquistar domínio sobre o mundo. Bran é o exemplo mais chocante disso: o garoto passa por múltiplas etapas antes de se transformar no corvo de três olhos. No fim da sexta temporada, a metamorfose se completa. Com a ajuda de seus poderes de oráculo, um pouco como a Pítia grega, Bran é o tipo de personagem que fornece ao espectador novas chaves de leitura.

Na saga, a religião maniqueísta de R'hllor, representada por Melisandre e Thoros de Myr, traz igualmente essa oposição entre o fogo e o gelo. Os fiéis creem na existência de duas divindades, o Senhor da Luz de um lado, símbolo do fogo e da vida e, do outro, um deus sem nome, associado ao frio e à morte. Esses dois personagens lutam constantemente um contra o outro pelo bem e pelo mal. E, assim, chegaria o dia em que o misterioso herói Azor Ahai, escolhido por R'hllor, seria reencarnado para destruir o mal...

Ao longo das sete temporadas, o inverno avança, invadindo Westeros pouco a pouco. Cada vez mais amedrontados, os selvagens tomam a direção sul, evitando olhar para trás e temendo "aquilo que dorme de dia e caça de noite", como explica Osha, quando interrogada por Luwin, o Mestre de Winterfell. No entanto, o mal continua do outro lado, atrás da Muralha. Ao menos a princípio.

VOCÊ SABIA?
O temível inverno de George R. R. Martin

A onipresença da neve, no Norte, oferece um cenário excepcional para qualquer mestre do horror. É exatamente por essa razão que a história começa na floresta congelada, no coração das montanhas. Vamos descobrindo, como uma espécie de aperitivo, a existência dos Caminhantes Brancos - esses monstruosos bichos de rosto estranhamente humano.

Mas por que o verão e o inverno seriam assim tão longos? Diversos cientistas tentam dar uma resposta a essa pergunta. Segundo Thomas Douglas e Peter Griffith, a atividade vulcânica seria tão significativa em Westeros e Essos que o clima dos dois locais só poderia ser altamente desregulado. Eles tomam como exemplo a cidade de Sumatra, que, em 1883, sofreu uma erupção de grandes proporções (a do Cracatoa), comparável à Perdição destruidora de Valíria, quatrocentos anos antes dos eventos de *Game of Thrones*. Os desgastes causados pelo Cracatoa furtaram raios de sol de grande parte da Ásia. Consequentemente, por um período de cinco anos, as temperaturas caíram em todo o mundo.

Outra possibilidade: um asteroide teria atingido o planeta, impondo um brusco clima invernal. No fim das contas, o frio - justificam os dois cientistas - está na origem da extinção dos dinossauros!

Mas e se as explicações fossem muito mais simples? Em 2015, George R. R. Martin contou, numa conferência na Northwestern University, que a grande nevasca de 1967 em Chicago lhe teria congelado o sangue: "Havia tanta neve naquele inverno" - reportou ao *Chicago Tribune* -, "que você não conseguia ver mais nada... Toda essa neve, esse gelo, eram extremamente frios".

Na época da nevasca, o futuro escritor tinha 17 anos. Em dois dias, 58 centímetros de neve caíram sobre a cidade, paralisando toda a infraestrutura. Vinte pessoas morreram, e cinquenta mil veículos foram abandonados na rua. Não é tão assustador quanto um bom banho de sangue com os Caminhantes Brancos, mas ainda assim é de arrepiar!

É NO PÉ DA MURALHA QUE SE VÊ MELHOR A MURALHA

Ela possui 100 léguas de comprimento, em torno de 400 quilômetros – quase a distância entre Paris e Amsterdã. Sua altura chega a quase 700 pés, por volta de 220 metros. A Muralha, com suas dezenove torres, é um monstro de gelo que parece se estender infinitamente. Serpenteia a oeste em volta dos desfiladeiros do Guadeleite e corre, a leste, até a Baía das Focas, no Mar Tremente. É a fronteira física que separa os Sete Reinos do resto do Norte; espaços brancos nos quais a vida é rarefeita.

A Muralha é um elemento que pode ser encontrado em inúmeros mitos. Ela é um forte símbolo de delimitação, pois o homem sempre ergueu barreiras para marcar geograficamente seu território. Trata-se de um sinal de segurança que separa os perigos e o local de convívio da família e, invariavelmente, o bem e o mal.

A CONSTRUÇÃO DA MURALHA

Em *Game of Thrones*, a Muralha protege o reino do povo livre, os famosos "selvagens", descritos como bárbaros. Mas o perigo não está nesse grupo de mulheres e homens. Para entender de verdade a finalidade dessa Muralha, é preciso voltar para 8 mil anos antes desses eventos.

Reza a lenda que os homens estavam morrendo de frio durante um inverno sem sol que durava incontáveis anos e que veio acompanhado de um longo período de escassez. No meio do sopro gelado, surgiu uma horda de criaturas montadas em cavalos cadavéricos, os famosos Caminhantes Brancos. Eles carregavam consigo um exército de mortos-vivos. Essa guerra levou à Batalha da Aurora, no fim da qual os homens retomaram o poder sobre suas terras. E a vitória marca a chegada de uma nova era. Constrói-se então a Muralha e uma ordem de irmãos negros se constitui. Futuramente, ela seria nomeada Patrulha da Noite.

Alguns desconfiam, porém, de que a construção da Muralha não tenha sido realizada sem a ação do mal. Concebida inteiramente em gelo, ela teria sido erguida por Brandon, o Construtor, fundador da Casa Stark, com a ajuda de gigantes, segundo a história. Ela teria sido moldada com um pouquinho de magia, como repara Melisandre em sua temporada de férias no monstro de gelo; uma magia potente demais para impedir que os Caminhantes Brancos penetrem sua estrutura. A única solução para eles passa a ser, então, destruir parcialmente a passagem e, assim, reduzir o feitiço a pó.

Essa Muralha faz parte das Nove Maravilhas do Homem, uma lista estabelecida pelo escriba e viajante Lomas Grandpas, que poderíamos comparar às sete maravilhas do mundo. Ou seja, o negócio é coisa séria!

AS FORTIFICAÇÕES DE TROIA

A mitologia está cheia de muralhas. A de *Game of Thrones* é particularmente comparável às fortificações de Troia, cidade histórica e lendária que se situava na costa asiática. A construção dessas fortificações faz parte da origem da primeira guerra de Troia.

Segundo a história, Apolo e Poseidon foram punidos por Zeus por terem participado de um complô que Hera armou contra ele. A punição consistia numa espécie de serviço comunitário, a ser realizado em conjunto com o mortal Éaco. Durante um ano, eles se dedicariam a erguer fortificações, sob ordens do rei de Troia, Laomedonte. Quando a obra chega ao fim, no entanto, Laomedonte se recusa a retribuir os dois deuses do Olimpo pelos trabalhos prestados: ele dá prova de *hybris*, desmesura que impulsiona os homens a se acharem melhores do que os deuses. Como castigo, Apolo envia aos troianos a peste, e Poseidon solta sobre eles um monstro marinho.

Como na saga, o muro de Troia possuía, também, um furioso odor de sangue. Isso sem contar que, erguido com a assistência dos deuses, ele possuía necessariamente uma essência mágica. Exatamente como a Muralha.

A MURALHA NA ORIGEM DO MUNDO

Outro mito grego fundador de genealogias insere a muralha no coração da história: o do Tártaro, que separava o mundo dos infernos daquele dos deuses e dos homens. Ao contrário da Muralha, ele não era composto por pedras: no lugar, rios marcavam sua delimitação. Era o elemento mineral, a água, que assegurava seu isolamento.

O Tártaro nasceu do caos que precedeu a criação dos primeiros deuses, depois da Terra (Gaia) e da Noite (Nix). Era a parte mais profunda dos infernos, segundo Homero;[8] uma região digna dos piores filmes de terror. Nenhuma vida animal ou vegetal poderia existir ali. Por detrás da bruma constante, era possível ver pântanos e lagos de gelo. Reinava um fedor de matar. Foi no Tártaro que o palácio de Hades foi concebido. Em outras palavras, não se trata do destino turístico mais indicado.

Sua finalidade? Servir de prisão para criminosos – homens que experimentam a *hybris* (de desmesura) – ou para divindades caídas. Entre elas, os gigantes, por exemplo, e em *Game of Thrones* os gigantes vivem do outro lado da Muralha. Mero acaso?

Como símbolo forte de delimitação, a muralha é um tema comum a diversas civilizações. Na mitologia nórdica, Midgard[9] designa tanto a fortificação que separa o mundo dos homens quanto esse mesmo mundo.

Reza a lenda que essa fortificação foi feita com os cílios do gigante Ymir, e o mundo dos homens, a partir de seu corpo. Mas como isso aconteceu?

Com a eclosão de uma guerra entre os gigantes e os deuses e o assassinato de Ymir pela primeira geração de deuses. Assim, eles utilizaram o sangue do gigante para fazer o mar,

---

[8]. Homero, *Odisseia*, op. cit.
[9]. "Midgard: Norse mythology" em *Encyclopedia Britannica*. Chicago: Encyclopedia Britannica, 2017.

sua carne para fazer a terra, seus ossos para as montanhas, seu crânio para o céu e seus cílios para os muros.

Esse muro também deveria proteger o mundo dos outros gigantes, descendentes de Ymir. O mito conta que os deuses criaram, além disso, o primeiro casal humano a partir do tronco de árvores cultivadas nessa terra. Difícil não pensar nas árvores-coração, nos represeiros e, sem dúvida, nos Filhos da Floresta. Mas onde ficam os Caminhantes Brancos no meio disso tudo?

VOCÊ SABIA?
Midgard e o *Senhor dos anéis*

O que é Midgard? A palavra significa "espaço fechado do meio"; ele fazia parte dos Nove Mundos da mitologia nórdica, que se encontravam em Yggdrasil, a Árvore do Mundo. Essa denominação foi retomada em diversas ficções contemporâneas, mas é J. R. R. Tolkien quem realmente a populariza: sua "Terra Média" (*Middle-earth*) é citada nos *Contos inacabados*, em *O hobbit* e em *O senhor dos anéis*. Ela designa o mundo humano original, 6 mil anos antes da aventura de nossos amigos *hobbits*. Não há dúvida de que George R. R. Martin se inspirou nessa geografia para constituir Westeros.

UM POUCO DE HISTÓRIA
E se a muralha tivesse de fato existido?

Em *Game of Thrones*, as referências são múltiplas. A simbologia da Muralha provém também da história; é sinônimo da servidão dos povos. Poderíamos, certamente, pensar no Muro de Berlim, que passou a separar a capital alemã em duas, após a Conferência de Yalta, em 1945. Ou ainda, na Cortina de Ferro, que marcou, no Leste Europeu, os limites da União Soviética e dos Estados sob o jugo do poder soviético.

Mas a muralha que serviu de inspiração direta, cuja comparação é gritante, é a de Adriano. Composta de três torres e dezessete campos, ela cortava o norte da Inglaterra em duas partes, separadas por 80 mil milhas romanas de pedra, isto é, mais de 115 quilômetros. Construída no século II d.C., seu objetivo era proteger a província romana dos bárbaros que cogitassem descer ao norte da Inglaterra romanizada. Nesse sentido, a evolução da Patrulha da Noite faz também uma alusão à história: o poder político dá progressivamente as costas para a fortificação, e os soldados largam seus postos para se instalar nos campos que os rodeiam.

Essa muralha foi copiada, uns vinte anos mais tarde, pela de Antonino, no coração da Escócia, antes de ser invadida pelos exércitos pictos (antigas tribos escocesas) e definitivamente abandonada.

ALGUNS CAMINHANTES E UM PRATO CHEIO DE VENTO GELADO!

Caminhar faz bem para a saúde! – Eis uma frase que ninguém diria a nossos amigos da Patrulha da Noite sem correr o risco de levar uma bela bofetada na cara. Compreensível: trata-se de uma profissão complicada. Em resumo, quando um homem se torna Irmão Negro (um "corvo", como dizem os selvagens), ele jura castidade para toda a vida. Não se pode pedir demissão ou negociar uma ruptura convencional.

Esses votos lembram aqueles feitos por uma grande maioria do clero – com o detalhe de que, *a priori*, ninguém cortaria a garganta de um padre que largou a batina. Os Irmãos Negros têm de defender o reino – pagando com suas vidas, se necessário. Eles lembram os cavaleiros da Idade Média, um arquétipo que tem origem na imagem idealizada do soldado grego. Nas cidades antigas, um homem só se tornava tal após ter participado de alguma guerra: batalhava-se pela sobrevivência da cidade e para proteger os descendentes que as mulheres carregavam. Vem daí a expressão *morte honrada*, isto é, uma morte em combate, uma morte que possui um sentido.

PURO DE CORPO E ESPÍRITO

A mitologia greco-romana está cheia de heróis guerreiros e exaltados: Héracles/Hércules, Perseu, Odisseu/Ulisses, entre outros. E alguns deles morreram em combate, tendo, por isso, uma morte exemplar. É o caso de Aquiles, na *Ilíada*.[10]

Quando criança, o herói – filho de uma deusa e de um homem – foi mergulhado no Estige, rio dos infernos, de modo que seu corpo se tornou invencível. Apenas o calcanhar pelo qual sua mãe, Tétis, o segurava permaneceu mortal.

A mãe tenta o impossível para impedir a profecia que diz que Aquiles morreria no campo de batalha. Assim, quando a Guerra de Troia começa, a progenitora tenta impedir que ele participe. Mas, mesmo sabendo dos riscos, o jovem se lança na batalha, pois, embora desconfie que aquele combate seria provavelmente seu último, possui consciência de seu objetivo como homem: morrer no campo de batalha, a missão de sua vida.

Quem o mata é Páris, com uma flecha que, guiada por Apolo, atinge diretamente o calcanhar do herói. Daí a expressão "calcanhar de Aquiles".

No que diz respeito à castidade, o tema faz parte da moral dos homens desde a Antiguidade, mas vai tornando-se, cada vez mais, associado às mulheres. Hipólito, filho de Teseu, é um dos raros exemplos de figura masculina que opta pela

---

[10]. Homero, *Ilíada*, op. cit.

abstinência. Mas essa particularidade, no caso dele, está mais relacionada à misantropia do que a um ideal simbólico. Vale lembrar que a relação com a sexualidade (com *eros*) está no centro dessa história: Fedra, madrasta de Hipólito, fica louca de amor por ele, por influência de Ártemis, e o leva à morte.

A questão da sexualidade sempre foi associada a uma pureza de corpo e espírito, a uma forma de ascetismo. Na Idade Média, era obrigatório ser virgem antes do casamento; a atividade sexual só era justificável para a procriação. Na prática, não era bem assim, embora o sentimento de culpa imposto pela Igreja tenha influenciado as pessoas. Essa culpa se opunha brutalmente à concepção guerreira da cidade grega: a defesa de uma cidade próspera engolida por alegres rejeitados que, por sua vez, eram capazes de protegê-la.

Vamos deixar as coisas bem claras: a partir da Antiguidade, a virgindade passou a ser coisa de mulher, e até o próprio clero parecia contradizer o conceito! Entre as divindades greco-romanas, nenhuma figura masculina optou pela castidade. Diversas deusas, por outro lado, mantiveram o corpo puro. É o caso de Ártemis e Atena, para citar apenas dois exemplos.

O que se coloca em jogo, portanto, é um retorno à Idade Média, no qual os textos valorizam uma castidade idealizada, encarnada por personagens virtuosos, a exemplo de Percival, Galaad ou Bohort: eis os nossos corvos, que combatem vilões e protegem a viúva e o órfão, mantendo-se atrás das muralhas para expulsar o inimigo.

DOS CAMINHANTES AOS FILHOS DA FLORESTA

A figura do inimigo é tirada dos piores filmes de terror feitos para assustar crianças. Ele é esbranquiçado, munido de olhos brilhantes como cristais, e acompanhado, quando se desloca, por um vento congelante que não traz nenhum bom presságio. Aterrorizante, ele passeia envolto por hordas de mortos-vivos nem um pouco agradáveis. Esses seres, que teriam desaparecido cerca de 8 mil anos antes, estão plenamente integrados às lendas de Westeros, a tal ponto que poderíamos esquecer que eles quase destruíram o mundo dos homens.

A existência deles remete ao mito do Ragnarök,[11] que, por sua vez, descreve as tropas de mortos conduzidas por Loki, deus da discórdia. Essa horda aterrorizante se levanta em Hel, reino dos mortos, para acompanhar os gigantes no combate a Odin, Thor e outros deuses. Uma grande batalha como essa leva ao Fimbulvetr, inverno particularmente nevado com três anos de duração. Ela marca, também, o fim da humanidade, a partir do qual nasce um novo mundo.

A isso se acrescenta a obscura comunidade dos Filhos da Floresta. Esses seres, descritos como sendo os primeiros habitantes de Westeros (ao menos 12 mil anos antes dos eventos de *Game of Thrones*), marcam a junção entre o universo do homem e o mundo selvagem. De cor cinza-amarronzada, eles têm uma pele repleta de manchas claras que lhes dão a aparência de cervos e quatro dedos munidos de garras negras. Ao iniciar sua jornada, Bran descobre que essa

---

[11]. Snorri Sturluson, *L'Edda. Récits de mythologie nordique*, trad. François-Xavier Dillmann. Paris: Gallimard, 1991.

alguns caminhantes e um prato cheio de vento gelado!

é a espécie que está na origem do primeiro Caminhante Branco. Os Filhos da Floresta o criam como modo de defesa contra os primeiros homens, mas o feitiço se volta contra o feiticeiro.

De onde vem essa comunidade? As inspirações são múltiplas. A natureza sempre foi objeto de fascinação para o homem, que busca, por meio de mitos e lendas, uma maneira de conectar-se com ela. É isso que explica, desde a Antiguidade, a quantidade de personagens que, mesmo sendo profundamente antropomorfos, têm características do mundo selvagem.

Na mitologia grega, as dríades são ninfas da floresta, originadas da árvore das hespérides. Assim como os Filhos da Floresta, essas divindades menores temiam os homens e, por isso, se escondiam deles. Poderíamos pensar também nas melíades, ninfas dos bosques. Caberia ainda lembrar dos muitos personagens mágicos que povoavam a floresta de Brocéliande alguns anos mais tarde no coração da lenda arturiana.

Os Filhos da Floresta são a herança de uma plêiade de figuras menores que dão ritmo ao folclore europeu: centauros, faunos – entre os quais o célebre Pã –, górgonas, quimeras, elfos, duendes e muitos outros. Tudo aquilo que fascina a criança que existe em cada um de nós!

ALGUÉM VIU O LOBO GIGANTE?

Com um charme peculiar, os lobos atravessam a floresta, envolvem-se na escuridão, voltam, atacam e vão embora em direção ao mundo selvagem, após terem partilhado com o homem um instante de humanidade perturbadora.

O lobo está para os Stark como o dragão está para os Targaryen: símbolo de potência guerreira, nobre senhor, fiel companheiro. Não é de se admirar que esse animal esteja presente em *Game of Thrones*. Ele marca as próprias premissas da intriga: ao encontrarem filhotes na floresta, logo no comecinho da saga, os quatro filhos de Ned reafirmam sua identidade e representam, com isso, as guerras vindouras.

O NASCIMENTO DE APOLO E ÁRTEMIS

Pelo menos desde a Antiguidade, o lobo se faz presente na cultura ocidental. Nesse período, ele marcou profundamente crenças e lendas, chegando a ter um papel bastante significativo em tais histórias. Nessa época, o lobo não veiculava a imagem necessariamente negativa que lhe foi atribuída por parte da cristandade na Idade Média. Pelo contrário, ele era símbolo de potência e inteligência.

Os gregos associavam esse lobo (*lykos*) à força e ao saber: o Liceu (*Lykeion*), escola de Aristóteles, recebeu esse nome em referência a Apolo-Lykeios, deus da luz e/ou dos lobos. Para entender melhor isso, no entanto, seria preciso voltar ao mito do nascimento do deus e de sua irmã Ártemis.

Conta a história que Zeus se apaixona por Leto e copula com ela antes de seu casamento com Hera. Em vista do fato, a futura esposa enlouquece de raiva e declara que, a partir daquele momento, qualquer terra que acolhesse a amante seria privada de sol. Para evitar que Hera se vingue de Leto, o rei do Olimpo transforma a amante em loba. Ele a leva à ilha de Delos ou, em algumas versões, à de Ortígia. Ali, auxiliada por Ilítia, deusa dos partos, a jovem dá à luz duas crianças, Apolo e Ártemis. Opostos e complementares, ele é símbolo do sol, e ela, da lua. Foram chamados de Apolo-Lykeios e Ártemis-Lycaea, representações da castidade, mas também dos ritos de passagem à idade adulta (daí o Liceu), principalmente por meio das profecias de Pítia.

A FUNDAÇÃO DE ROMA

Muitos anos mais tarde, os romanos retomavam a imagem do lobo, associando-a, dessa vez, a Marte (Ares), deus da guerra. Além disso, não é por acaso que entre os símbolos de Roma consta o célebre canídeo: segundo o mito, uma loba teria tido um papel central na fundação da cidade.[12]

---

[12]. Plutarco, *Les Vies des hommes illustres*, trad. Alexis Pierron. Paris: Gallimard, 1853.

Reia Sílvia era uma jovem de Alba Longa, na atual Itália central, cidade governada por Amúlio, que havia derrubado do trono seu irmão Numitor, pai da moça. Por ser uma vestal, ou seja, uma sacerdotisa devotada a Vesta, deusa do lar e do fogo sagrado, Reia havia prometido castidade. No entanto, uma noite, Marte vem a ela em sonho e lhe dá dois filhos, Remo e Rômulo. Amúlio, tio de Reia, abandona os dois meninos no Tibre, sob o pretexto de que uma vestal não poderia ter filhos. Na realidade, ele temia que os rebentos, uma vez que chegassem à idade adulta, reivindicassem legitimidade ao trono. Acontece que os dois recém-nascidos sobrevivem e são encontrados por uma loba, numa gruta aos pés do Palatino. O animal os educa e lhes dá de mamar.

Mais tarde, eles são encontrados por um camponês, que então os cria. Eis que, um belo dia, os garotos encontram Numitor, que os reconhece no mesmo instante. Ele os leva para Alba Longa, e a família, assim, se reúne. Mas os meninos têm outras aspirações. Eles saem da cidade e decidem fundar uma cidade nova, no local onde foram salvos. Rômulo instala-se no Palatino, e Remo, no Aventino. O primeiro vê doze abutres, ao passo que o segundo, apenas seis. Conclusão: Roma seria construída aos pés do Palatino. Rômulo então traça no solo as marcas das futuras fortificações da cidade. Mas Remo, enciumado por ter perdido, zomba do irmão e desrespeita o traçado sagrado. Por fim, Rômulo desembainha a espada e mata Remo.

ASTÚCIA E PODER
Durante muito tempo, os homens associaram o lobo à caça, mas é verdade que eles também o associaram à proteção e à

destruição. Esse animal foi considerado, desde a Pré-História – e antes mesmo de se tornar companheiro dos homens, o cão –, como guardião dos seres humanos.

Os celtas, bem como os nórdicos, deram ao animal um lugar de destaque em seu panteão. Assim, Lug, deus central na mitologia celta, é representado protegido por dois lobos. Da mesma maneira, Odin, divindade nórdica, observa o mundo a partir de Asgard ao lado de seus dois companheiros.

Na lenda arturiana, como na Grécia, o lobo é associado à instrução. O próprio Merlin era próximo do mundo selvagem e frequentemente se dirigia à floresta para encontrar Blaise (ou *Bleiz*, também conhecido como "o lobo"). Escriba e confidente do mago, esse personagem era considerado um homem-lobo protetor. Era o duplo simbólico de Merlin.

Em *Game of Thrones*, a figura do lobo é de importância crucial – ainda que seu papel na série seja menos explorado do que o dos dragões. Cada um dos três animais da ninhada possui uma ligação particular com seu mestre. Os jovens Stark podem comunicar-se com os respectivos companheiros por meio de sonhos – ainda que Bran apresente certa predisposição a isso (e por um bom motivo!). É muito forte a relação que se constrói entre cada humano e seu animal. Esse é o mesmo tipo de elo que acompanha o desenvolvimento da habilidade troca-peles (*warg*) de Bran.

O poder dos lobos sempre fascinou o homem. Isso justifica a crença na existência do lobisomem: metade homem, metade animal. Na mitologia nórdica, Fenrir era um lobo gigantesco, filho do deus Loki e da gigante Angerboda.[13] Com sua irmã, Hela, deusa dos mortos, e seu irmão Jörmungand, serpente de Midgard, ele formava um trio maléfico, anunciador do fim do mundo.

As profecias anunciavam que o animal levaria os deuses à perdição. Por isso, os Ases, conduzidos por Odin, tentam acorrentá-lo. Mas Fenrir era esperto... Seria preciso aliciá-lo. Assim, os deuses lhe lançam um desafio: o lobo deveria soltar-se das correntes às quais acabava de ser preso. Orgulhoso, Fenrir aceita o teste e consegue soltar-se sem dificuldade. Por isso, os deuses constroem uma corrente ainda mais sólida e desafiam novamente o animal. Mais uma vez, ele se desacorrenta facilmente. Eles então pedem aos elfos que moldem uma corrente com o auxílio de magia: ela parece uma fita de seda, o que deixa Fenrir desconfiado. O lobo responde aos Ases que destruir uma simples fita não consistia em feito glorioso e que, por outro lado, se essa fita fosse mágica, ele nunca mais conseguiria se soltar. Ele termina por aceitar o desafio, mas com uma condição: de que um dos deuses colocasse a própria mão em sua garganta, como sinal de sinceridade. O único a aceitá-la é Týr, deus da justiça.

Depois de atado, Fenrir não consegue mais se soltar. O animal se esforça, arranca a mão de Týr e tenta morder os outros deuses. Para dissuadi-lo, eles lhe enfiam uma espada na boca e o amarram cuidadosamente. Com isso, o lobo

---

[13]. Snorri Sturluson, op. cit.

alguém viu o lobo gigante?

consegue apenas rugir, e sua baba, que gotejava no solo, se torna a nascente do rio Ván.

No momento do Ragnarök, a profecia finalmente se cumpre: os elos que prendem o lobo se desfazem, e ele participa da grande batalha final contra os Ases, ao lado de Loki e dos gigantes. Nela, Odin é engolido por Fenrir, que, por sua vez, é morto pelo filho do deus, Vidar, divindade da vingança.

Quando Arya reencontrou Nymeria, a loba havia voltado ao estado selvagem e se juntado a uma alcateia da qual passara a ser líder. Pode-se notar um paralelo com os Managarm, filhos de Fenrir e Jarnvid. Trata-se de lobos assustadores, que se alimentam de carne humana. Hati e Sköll, mais particularmente, têm papel central no Ragnarök: devoram o sol e a lua, enquanto seu pai engole os astros, dando fim, dessa forma, ao mundo.

UM POUCO DE HISTÓRIA
O lobo gigante é um animal real?

Embora a inspiração nórdica seja primordial na invenção dos lobos gigantes, ela não é a única. George R. R. Martin retomou certos traços de caráter de um animal já extinto, o *canis dirus*. Esse lobo media cerca de 1,5 metro, pesando em torno de 80 quilos. Ele vivia na América do Norte, provavelmente durante o Paleolítico. Assim como os fiéis companheiros dos Stark, ele tinha cara e dentes proporcionalmente maiores do que os lobos de hoje. Ao contrário do ancestral histórico, os lobos gigantes têm longas patas, que lhes permitem correr em alta velocidade, além de um cérebro mais bem desenvolvido, o que os torna mais inteligentes e sociáveis.

UM DRAGÃO PODE ESCONDER OUTRO

As três pequenas criaturas cobertas de escamas que cospem fogo e se enroscam amorosamente em Daenerys são charmosas ou não? A cena do nascimento dos dragões, quase como um culto, marca um claro momento de virada, dando à saga um tom fantástico que já era imaginado, mas cujo teor ainda era mal percebido. Daria até para dizer que a atitude da moça, no momento em que adentra a fogueira, acompanhada por seus três ovos, beira a megalomania – e essa não seria a última vez. Mas, nesse momento da história, tudo é perdoado: Daenerys havia sido desrespeitada por seu irmão, forçada a se casar com um homem que ela considerava bárbaro, a se adaptar ao mundo selvagem – chegando até mesmo a engolir o coração cru de um animal – e, finalmente, havia perdido seu marido e seu filho num flerte com a magia negra.

O uso do dragão na ficção não é novidade; ele remete a um folclore muito antigo, que remonta ao Neolítico e se desenvolve, em seguida, no mundo inteiro: Europa, Ásia, América...

UM DRAGÃO DE UMA OU MAIS CABEÇAS

Na Grécia Antiga, essas charmosas feras eram parentes de certas criaturas ctonianas.[14] Dois exemplos são particularmente chamativos. O primeiro coloca em cena Apolo, deus arqueiro, e o segundo, Píton, dragão fêmeo.[15]

O dragão era filho de Gaia (Terra) ou de Hera, dependendo da versão. Trata-se de uma enorme serpente que aterrorizava toda a Grécia e se escondia no monte Parnaso. O monstro era protegido de Hera, que o enviara para caçar a deusa Leto, por ter dormido com Zeus e, em seguida, dado à luz os gêmeos símbolos do sol e da lua, Apolo e Ártemis. A fim de vingar sua mãe, o jovem deus caça Píton e o atravessa com uma flecha mortal. Em seu túmulo, funda-se o templo de Delfos, onde foi estabelecido o oráculo, isto é, a palavra dos deuses, pela voz de Pítia.

O segundo dragão mais famoso da mitologia grega é muito peculiar, pois possui várias cabeças, sendo uma de ouro e imortal. É a famosa Hidra de Lerna, cujo sopro envenena aquele que o inala.[16] Esse animal também era protegido de Hera, que o educara desde o nascimento.

A criatura aparece ao longo dos Doze Trabalhos de Héracles, e a batalha entre o herói e o dragão era interminável – cada vez que uma cabeça caía, outras duas nasciam no lugar. O combate parecia não ter fim. Mas, com a ajuda de

---

[14]. Diz-se de divindades infernais ou subterrâneas (Hades, por exemplo).
[15]. Apolodoro, *La Bibliothèque*, trad. Jean-Claude Carrière e Bertrand Massonie. Besançon: Presses Universitaires de Franche-Comté, 1991.
[16]. Ibid.

seu sobrinho Iolau, Héracles teve a ideia de cauterizar os pescoços cortados, impedindo assim, definitivamente, que as cabeças continuassem a brotar. A última, imortal, foi decepada e enterrada sob uma rocha.

DRAGÕES SÃO CRIATURAS DO MAL?

Em mitos e lendas, os dragões costumam ser vilões. Eles matam os homens, atacam as tropas e aterrorizam comunidades inteiras. Em *Game of Thrones*, pelo contrário, a existência deles, como um todo, tem um significado bastante positivo. Desde o começo da saga, são descritos como símbolos extintos de uma família em perdição, e não como seres monstruosos e destruidores. Do nascimento – quando eram apenas três dragõezinhos que derreteriam os corações dos apaixonados por gatos – até a gloriosa ascensão aos céus, eles seguem um caminho diretamente relacionado ao da mãe. A vulnerabilidade dá espaço à aprendizagem, para só então ser transformada em verdadeira força de conquista. E é essa força que transcende ainda mais a existência de Daenerys, exaltando seu valor de guerreira.

Nesse sentido, eles estariam próximos dos dragões orientais, que não são necessariamente maus. Na mitologia asiática, essas criaturas eram associadas às forças da natureza, símbolos da água, mas também ao poder real, estreitamente ligados às genealogias que estão na origem da criação do homem.

O extraordinário em *Game of Thrones* não é tanto a gênese dessas charmosas feras com escamas que nos fazem pensar num animal como todos os outros, mas, sim, o papel que Daenerys desempenha no processo. A eclosão dos ovos só é possível graças a seu poder estranho e indefinível.

Mas, afinal de contas, como nasce um dragão?

A mitologia não é clara sobre essa questão, pois apresenta uma quantidade impressionante de possibilidades. Do ponto de vista da mitologia grega, conta-se que o dragão foi criado a partir do Caos; tratando-se, portanto, de um nascimento associado às genealogias divinas. Muito antes disso, na Mesopotâmia, Asag, um parente de dragão, havia nascido da união de dois deuses, An e Ki, ou seja, a Terra e o Céu. Na Ásia, ele era resultado do conjunto dos sopros de seu pai e de sua mãe. Isso nos faz lembrar aquela velha pergunta: quem veio primeiro, o ovo ou a galinha? Vai saber...

O crescimento rápido dos dragões de *Game of Thrones* representa uma contradição em vista da maioria dos mitos, uma vez que, nestes, tais criaturas geralmente precisam de várias centenas – até mesmo milhares – de anos para chegar à idade adulta. E as diferenças não param por aí: os três filhos de Daenerys são antropomorfos, isto é, têm algumas características humanas. É por isso que as respectivas personalidades são tão definidas. Daenerys acaba se sentindo na obrigação de punir Drogon durante sua crise de adolescência: ele se diverte ateando fogo nas tropas e comendo a carne dos homens, sem remorso algum.

DE FAFNIR A MERLIN

A imagem do dragão exalta as paixões humanas. Isso explica por que essa figura é comum a tantas culturas. Na Europa, as lendas eslavas, celtas e germânicas, entre outras, atestam a fascinação dos homens por esse tipo de criatura.

Fafnir, por exemplo, é um dos personagens mais conhecidos da mitologia escandinava; sua história é sobre avareza e parricídio.[17] Originalmente, ele era um homem, filho de Hreidmar, rei dos anões. Hreidmar havia extorquido um tesouro dos deuses Odin, Loki e Hœnir para reparar o homicídio involuntário de seu filho Ótaro. Esse tesouro era, contudo, envenenado: continha ouro e um anel amaldiçoado pelo anão Andvari. Ávidos pelo tesouro, os dois filhos de Hreidmar o tomam, mas Fafnir se metamorfoseia em dragão para se apoderar das riquezas e as leva a Valhala, um dos Nove Mundos.

O dragão é o símbolo do combate. Essa é, aliás, uma das poucas forças de Daenerys no início da saga. Na lenda arturiana, ele permite que Merlin se afirme como peça circunstancial do reino bretão.[18] O feiticeiro adivinha que dois dragões, um vermelho e um branco, dormem pacificamente sob a terra. Assim, ele avisa o rei Vortigerno sobre o risco de desmoronamento. Quando são desenterradas, as criaturas querem brigar e acabam matando uma a outra. Esse duelo, explicava então Merlin, era o anúncio profético do combate entre Vortigerno e Uther Pendragon, rei legítimo. Ao fim

---
[17]. "Reginsmál", *Edda poétique*, século XIII.
[18]. Jacques Boulenger, *Les Romans de la table ronde*, 1922-1923.

desse combate épico, Pendragon toma Merlin como braço direito.

A lenda arturiana evoca com frequência a figura do dragão. Os combates contra o réptil cuspidor de chamas integram-se à saga dos cavaleiros como mais uma etapa – ou um desvio – em busca do Graal. Sair vencedor desse tipo de batalha elevava a posição dos personagens, glorificando força e nobreza de coração.

FILHINHOS DA MAMÃE

Eles não são fofinhos, esses dragões? Um pouco. Comoventes? À maneira deles, de fato. Sua extraordinária fidelidade à mãe, traço de caráter marcante, faz deles muito mais do que animais de estimação: representa o elo indescritível entre a humana e suas poderosas criaturas.

Contudo, essa forte relação ultrapassa a maternal – que pressupomos instaurada desde o nascimento. Os adoráveis pequeninos têm o poder de reconhecer um Targaryen mesmo quando nem ele próprio tem consciência de sua ascendência. O primeiro contato entre Jon e Drogon torna clara essa ligação mística: o imponente réptil se deixa acariciar pela mão do homem, parecendo até gostar disso.

Transcendendo, mais uma vez, o relacional, esse elo prefigura a primeira batalha contra os Caminhantes Brancos e sua horda de mortos, durante a qual Viserion perde a vida. No momento da transformação, pressentimos que George R. R. Martin havia previsto a reviravolta desde o começo de *Game of Thrones*, anunciando uma repartição igual das forças antes da batalha final. Isso significa dizer que até mesmo os dragões são vulneráveis e que não seriam eles a garantir a vitória na guerra. Mas, enquanto isso, continuamos fascinados diante desse imponente *dragão de gelo*, que questiona, mais uma vez, as leis da natureza.

> ### VOCÊ SABIA?
> ### Um dragão, dois dragões...
> ### Dragões por toda parte!
>
> Vista em diversas culturas, a lenda do dragão é particularmente recorrente na ficção moderna. Nesta, é frequentemente descrito como um ser brutal, de força inimaginável, quase invulnerável. Ao contrário dos filhos de Daenerys, vive cheio de más intenções e está sob a proteção das forças do mal - identificáveis ou não. Certas figuras marcaram, dessa forma, o universo da fantasia, possuindo um papel narrativo específico: exaltar a força guerreira de personagens - em geral cadavéricos - e legitimá-los como heróis.
>
> No universo de J. R. R. Tolkien, quem entra em cena é o temível Smaug. Esse dragão possui diversos papéis: é símbolo de terror, caracteriza o elo com Mordor, anunciando o retorno de Sauron, e materializa

a avareza, apoderando-se das riquezas dos anões para mantê-las sob sua proteção. Vale lembrar, evidentemente, do mito de Fafnir, personagem que se transforma em dragão para guardar um tesouro maldito (que inclui um anel!), mas não só isso. Para compor o conjunto de sua obra, o autor se inspira num poema anglo-saxão do século XVIII, o *Beowulf*, que conta as gloriosas aventuras do herói homônimo. Numa delas, o protagonista, tornado rei, combate o dragão dos godos, que zela por um tesouro no fundo de uma gruta. Tudo começa com o roubo de um cálice que desacorrenta o animal. Beowulf chega a acabar com a criatura, mas paga com sua vida, e o tesouro, no fim das contas, é enterrado com ele.

Avaro ou guardião? A diferença é sutil, já que um dos principais papéis dos dragões é proteger um tesouro. Em *Harry Potter*, essas criaturas estão a serviço de Gringotes, o famoso banco onde estão entrepostas as riquezas do mundo bruxo. Mas ali o dragão é um animal como qualquer outro, podendo, por isso, ser domado - pode-se até mesmo subir em suas costas e montá-lo, à la Daenerys. E por que não o transformar em animal de estimação, como faz Hagrid? Ele poderia ter algumas aulinhas com a pretendente ao Trono de Ferro!

A saga de J. K. Rowling, como um todo, está impregnada da presença do réptil: não há um livro que não faça menção a ele. Mas é em *Harry Potter e o cálice de fogo* que vemos isso mais claramente. A majestosa batalha entre Harry e o rabo-córneo Húngaro, no Torneio Tribruxo, eleva as qualidades heroicas do jovem bruxo aos olhos de seus pares. Mais do que isso, ela oferece ao leitor e ao espectador um momento de magia um tanto sangrenta, mas incrivelmente agradável.

UM POUCO DE HISTÓRIA
Será que os dragões existiram de verdade?

Recoberto por um colete de malha natural, ele passa deslizando seus dois metros no solo indonésio, com a ajuda de suas patas cheias de garras afiadas e cortando o ar com sua calda reptiliana. Ele espia sua presa antes de dar o bote, com o auxílio de um espesso maxilar guarnecido de dentes ensanguentados, carregado de veneno e munido de uma língua bifurcada e amarela. Sim, o dragão de Komodo é bem real, mas fiquem tranquilos: ele não voa e é incapaz de cuspir fogo. Trata-se, em todo caso, de uma espécie que fascina biólogos e historiadores. Observando sua aparência, pode-se imaginar sem muita dificuldade os motivos que levaram os homens a nomeá-lo *dragão*, ativando um imaginário comum, que carrega consigo os piores horrores humanos. E, é claro, sua morfologia lembra a de alguns dinossauros - causando calafrios em muitos de nós por aí!

Mas a pergunta que fica é: será que o mito dos dragões repousa sobre a existência ancestral dos dinossauros? Será que os grandes fósseis descobertos por nossos ancestrais, ao longo da Antiguidade, teriam feito os homens acreditarem que tais criaturas realmente existiram? Essa é a teoria de alguns arqueólogos. Mas o fato não foi comprovado, e diversos historiadores recusam essa tese.

De onde então viria essa besta satânica? Observemos mais de perto: ela é anfíbia e possui, dependendo da cultura, características reptilianas, asas e garras poderosas. Além disso é, vez por outra, coberta por uma crista, chifres, escamas, pelos...

Nenhum historiador pôde até hoje explicar a gênese dessa figura. Supõe-se, entretanto, que ela teria se desenvolvido na África, provavelmente no Paleolítico, para só então alcançar a Ásia e se dispersar pelo mundo. Seria o resultado de uma interpretação distorcida de diversos elementos e de um cruzamento destes critérios: descobertas de ossadas inexplicáveis, crenças em monstros marinhos, crocodilos, cadáveres despedaçados... No fim das contas, o homem é um animal que gosta de sentir medo para estabelecer os próprios limites. E podemos dizer que, desse ponto de vista, ele é muito bem-sucedido!

Fogo e Terra

O mundo conhecido, com
ou sem dragões

O BOM, O MAU E O TRONO

Conta-se que o Trono de Ferro foi construído com mil lâminas dos inimigos de Aegon Targaryen, fundidas pelo fogo de seu dragão Balerion. Teriam sido necessários cinquenta e nove dias para construí-lo. Na realidade, explica Lorde Baelish, ele não chega a ter duzentas espadas. Mas o efeito é o mesmo. Essa impressionante poltrona é particularmente cortante – chegando até a ter matado algumas pessoas desprevenidas. E é para isso mesmo que ela foi criada: um soberano nunca deve sentir-se confortável demais em seu trono.

A CAÇA AO TRONO

Símbolo de poder, o trono está no coração da série, e com razão: tudo converge para a Fortaleza Vermelha, geograficamente situada para exaltar tanto as paixões do Norte como as do Sul. É também um dos raros elementos que sobraram do princípio da realeza. E é, por fim, a testemunha dos piores horrores do Rei Louco e do golpe de Estado sangrento do qual nascem a imagem do Usurpador (Robert Baratheon) e as pretensões dos candidatos ao poder: Daenerys, sem dúvida, os irmãos de Robert e até mesmo os reis do Norte, Robb e, em seguida, Jon.

Os líderes têm um desejo de poder, mas não só isso. O que tem valor é a legitimidade de suas respectivas Casas, de seus emblemas. Daenerys, tal como Stannis, acredita ser a verdadeira monarca. E a majestade só é conquistada através de sangue.

Essa concepção consideravelmente cristã da filiação principesca nos transporta à Idade Média ocidental, ritmada pelas monarquias absolutas e moldada por um imaginário cavalheiresco. O que exprime isso, em primeiro lugar, é o recorte geográfico. A maior parte do continente é formada pelos Sete Reinos, que contam, no início da saga, com nove estandartes: famílias que juram lealdade ao Rei Usurpador, mas que acabam precisando fazer uma escolha quando fica claro que são os Lannister que detêm o poder estatal. O que justifica isso? O fato de que, dizem as más línguas, o jovem Joffrey seria um bastardo dos gêmeos incestuosos, Jaime e Cersei. Entre os aliados dos Stark, dizia-se também que o príncipe era ilegítimo. Além do mais, o reinwo termina por ficar tão pobre que passa a ser necessário recorrer à Casa Tyrell para financiar sua defesa e seu cotidiano frívolo... Mas Joffrey consegue o trono e, no fim, aquele que apoia tranquilamente o traseiro sobre as lâminas de metal detém o poder. Simples assim.

A simbologia do trono é bastante forte na mitologia. A história de Hefesto (Vulcano, entre os romanos), deus da forja, prova isso.[19] Ele nasce somente de Hera, pois ela desejava

---

[19]. Pausanias, *Description de la Grèce*, trad. Jean Pouilloux (Paris: Les Belles Lettres, 1992) e Hygin, *Fables*, trad. Jean-Yves Boriaud (Paris: Les Belles Lettres, 2012).

se vingar de Zeus, seu marido adúltero. Acontece que o pequeno ser acaba nascendo tão feio e doente que sua mãe, em cólera, o joga do alto do Olimpo.

A criança é encontrada por duas deusas, Tétis e Eurínome, que tratam de educá-lo. Quando chega à idade de se vingar, Hefesto envia um presente a Hera: um trono de ouro que ele próprio havia moldado. Mas a cadeira possuía um mecanismo mágico: quem se sentasse nela seria incapaz de se levantar. Presa, a deusa tem de pedir ajuda a outros olimpianos. É Dioniso que finalmente consegue convencer o deus forjador, com a ajuda do álcool, a liberar a mãe punida.

Em *Game of Thrones*, o trono é alvo de desejo. Dele, nasce o orgulho de se pensar mais legítimo ou mais forte do que o atual soberano. Trata-se, novamente, da *hybris* grega. O trono é também uma poltrona a partir da qual se pode observar o mundo. Na saga, quem desempenha esse papel-chave é Varys, com o auxílio de seus passarinhos.

Trata-se de uma referência indireta a Odin. O deus nórdico sentava-se no Hlidskjalf, "lugar de prestígio" mágico que lhe permitia observar tudo aquilo que o rodeava nos Nove Mundos.[20] Era um imponente trono de pedra guardado por dois lobos, Geri e Freki, localizado numa torre de vigia, no alto de uma fortaleza de Asgard, domínio dos Ases. Ninguém a não ser Frigg, esposa de Odin, podia se sentar ali.

Certo dia, Freyr, deus da prosperidade, decide ignorar essa proibição. No momento em que coloca as nádegas

---

[20]. Snorri Sturluson, op. cit.

na superfície de pedra, avista ao longe uma jovem. Ela se chamava Gerð e vivia em Jotunheim, mundo dos gigantes. Depois de muito argumentar (mediante um pouco de violência), o pretendente consegue obter sua mão.

Ora, será então que do trono poderia nascer o amor? A interpretação é forçada, principalmente em *Game of Thrones*. Lugar de poder, invejado, com um olho no mundo, ele é o epicentro geográfico de Westeros e, nesse sentido, consiste num vibrante contramodelo de justiça. Em outros termos, o centro de poder é tão podre quanto o reino: Porto Real é, afinal, um espaço marcado pela luxúria, pelo homicídio e pela mentira. Apenas uma família resiste a esse inferno, os Stark.

Guiados por um casal de bondade e, sobretudo, de grandeza de alma caricatural, eles são a imagem do bom samaritano, que estende a mão ao desesperado, que crê na igualdade e no respeito. "Ned Stark... O honrado Ned Stark...", exulta Jaime, com desgosto, ao falar sobre a morte do Rei Louco. Todos os irmãos são tocados por esse fenômeno, que é inteiramente atravessado pelas noções de justiça e igualdade. Até mesmo Arya pega em armas para restabelecer a ordem normal das coisas. E a própria Brienne, a serviço de Catelyn, também é pensada nesses moldes.

SER BOM E JUSTO

Os Stark são bons samaritanos? Certamente, mas não só isso. Eles lembram as múltiplas alegorias da justiça, que moldaram os mitos e a religião, a exemplo de Têmis, tia de Zeus e deusa da justiça. É ela que prevê que o filho de Tétis,

Aquiles, se tornaria mais forte do que seu pai. Na mitologia nórdica, Týr zela pela ordem e pela igualdade. Ele sacrifica sua mão na garganta do lobo gigante Fenrir para poder acorrentá-lo e manter a tranquilidade nos Nove Mundos. Essas crenças estão presentes desde muito cedo na mente humana; a noção grega de *hybris* provém daí: é preciso fazer as coisas direito para evitar a ira divina.

Em *Game of Thrones*, a questão é saber se é preciso ser bom perante a lei ou se é preciso desviar da lei para ser bom. Nesse ponto, os Stark nem sempre estão de acordo. Arya, por exemplo, nos lembra a postura muito digna, mas também muito agressiva, de Antígona.[21]

A jovem, filha de Édipo, sofria de uma terrível maldição: por descuido, seu pai havia cometido parricídio e incesto.[22] Sem querer, ele havia experimentado a *hybris*. De sua relação com sua mãe, Jocasta, nascem duas meninas, Antígona e Ismênia, e dois meninos, Polinices e Etéocles. Os dois homens se matam pelo trono de Tebas, num combate que leva ao banimento de Polinices por Creonte, tio de Antígona: o rei anunciava que ele não receberia ritos funerários nem poderia, portanto, se dirigir aos infernos. Sua alma permaneceria em perdição. Mas a jovem não suporta tal injustiça. Ela decide enterrar o irmão, apesar da proibição, provando, assim, um heroísmo que ultrapassa a desmesura. Arya, assim como Antígona, luta pelo restabelecimento da justiça – até o ponto de pegar em armas, desafiando as leis dos homens. Ambas, pelo

---

[21]. Sófocles, *Antígona*. 7. ed. Rio de Janeiro: Paz e Terra, 2008.
[22]. Apolodoro, op. cit.

peso do passado, são profundamente cínicas e determinadas a restabelecer a ordem. Até o ponto de correr risco de morte.

DO NORTE A DORNE

E a lei, onde fica no meio de tudo isso? Ela emana de Porto Real, que centraliza o executivo, o legislativo, o judiciário e também o religioso. Os reinos ao redor são submissos a seu poder – ao menos em teoria. Na prática, quanto mais distantes do trono ficam esses reinos, mais eles fazem o que querem, aplicando as próprias regras em detrimento do Estado centralizado. O Norte, ancorado com seus lobos e corvos, na mitologia nórdica, é uma região tão grande que é difícil governá-la. Ela é ligada por uma mesma religião, animista e inspirada no xamanismo – a dos "deuses antigos" –, ao passo que o resto do território, exceto as Ilhas de Ferro, devota-se à Fé dos Sete.

O Sul figura como patinho feio, especialmente Dorne. Sua moral e sua liberdade sexual entram em contradição com as regras dos Sete Reinos, uma vez que a libertinagem é autorizada até mesmo para mulheres e homens casados. As cenas de sexo protagonizadas por Oberyn Martell e Ellaria Sand lembram, dessa forma, o culto greco-romano a Dioniso/Baco, deus do vinho e da desmesura, mas igualmente a Komos/Comus, divindade do banquete e da libertinagem. Elas são uma releitura dos famosos banquetes orgíacos fantasiados da Antiguidade.

A relação com o sexo, com *eros*, é uma noção essencial no modo de vida dos antigos, fato que a mitologia exprime diretamente. Os deuses masculinos, em particular, colecionam diversas conquistas, divinas ou humanas, femininas ou masculinas. O próprio Zeus era, sem dúvida, o deus de sexualidade mais dinâmica. Ele dormiu com um número impressionante de mulheres e deusas e, no panteão de seu caderno de caça, pelo menos um homem, Ganímedes.[23] Conta a história que esse jovem príncipe troiano foi raptado pelo rei dos deuses e transformado em águia, subjugado por sua beleza. Zeus o leva ao Olimpo para fazer dele seu amante; o jovem se torna então copeiro dos deuses, servindo-lhes ambrosia, néctar que torna imortal quem o bebe.

De acordo com outras versões, Ganímedes teria sido criado por Eos, deusa da Aurora, mas em todos os casos ele acaba nos braços de Zeus. Ciumenta, Hera tenta enviar o príncipe de volta ao mundo mortal, mas Zeus o transforma numa constelação que brilha até hoje no céu, a de Aquário.

A comparação com a mitologia grega não para por aí. As oito filhas guerreiras de Oberyn (três, na série), chamadas serpentes de areia, lembram um grupo guerreiro célebre nos Doze Trabalhos de Héracles, as Amazonas. Nos mitos gregos, essas mulheres dormiam uma vez por ano com os homens mais belos da região, com o intuito de perpetuar seu povo. Elas criavam suas filhas e matavam seus filhos, cortavam o seio direito para melhor utilizar o arco e viviam numa sociedade civil organizada por regras estritas, que convinham apenas a elas.

---

[23]. Platão, *O banquete*. Porto Alegre: L&PM, 2009.

Em seu nono trabalho, Héracles tinha de roubar o cinturão de ouro da rainha das Amazonas, Hipólita.[24] Com esse intuito, ele pega o barco para ir até a foz do rio Termodonte. Lá, encontra a soberana, que, após uma simples conversa, aceita entregar-lhe o cinturão. Tudo parecia caminhar às mil maravilhas, sem a menor gota de sangue, até Hera perturbar o comum acordo. Fantasiada de Amazona, ela espalha o boato de que estrangeiros tentavam capturar a rainha. Com arcos prontos e lanças à mão, o grupo de mulheres ataca Héracles, que, acreditando que aquilo é uma traição, mata Hipólita e massacra as Amazonas. Fim trágico que, de certa forma, viria ao encontro de Obara e Nymeria pelas mãos de Euron Greyjoy, na série.

7x7 = GOT

Em *Game of Thrones*, os símbolos se multiplicam no desenrolar dos livros, referências mais ou menos sutis às religiões politeístas e monoteístas, vislumbres apoiados na história do Reino Unido e nas crenças pagãs que moldam o imaginário nórdico.

Mas outro símbolo se faz presente ao longo da saga: o algarismo sete. No começo, os Stark são sete – sem contar Jon, evidentemente. O reino se constrói sobre sete coroas. A Guarda Real é composta de sete cavaleiros. É sete também o número de selvagens (incluindo Jon) que tentam atacar a Muralha. Até mesmo Oberyn confessa ser o sétimo filho de sua linhagem. E, claro, há a Fé dos Sete.

---

[24]. Apolodoro, op. cit.

Difundida pelos ândalos centenas de milhares de anos antes dos eventos de *Game of Thrones*, essa religião foi aos poucos substituindo a dos deuses antigos, sobretudo no sul do continente. Ela se apoia em uma construção complexa, com representações materiais (a estrela de sete pontas, exposta na sala do trono), símbolos cultuais (um deus de sete faces), espaços sagrados (o Grande Septo de Baelor, em Porto Real) e representantes dessa fé (o Alto Septão, os septões e as septãs, a ordem das irmãs silenciosas...).

A escolha desse algarismo está longe de ser neutra. Desde a alta Antiguidade, ele vem carregado de um forte simbolismo que se espalhou pelo mundo inteiro: Egito, Ásia, Oriente Médio... Na Grécia, em particular, pode ser encontrado em diversos mitos. Quando, por exemplo, Polinices lidera a expedição contra seu irmão Etéocles com o objetivo de recuperar o trono de Tebas, ele está acompanhado de sete reis e de seus respectivos guerreiros. Igualmente, poderíamos lembrar que eram sete as plêiades, filhas de Atlas.

Em *Game of Thrones*, o algarismo ultrapassa o culto e encontra um valor forte na representação política, necessariamente transcendida pela religião. Os Sete Reinos consistem num território histórico, compartilhado entre nove regiões. É certo que a Fé dos Sete possui relativa influência sobre a construção do reino, e é desse complexo casamento que nasce o grande número de mitos e lendas, mais ou menos pagãos, responsáveis por tecer, em última análise, o pano de fundo da saga.

VOCÊ SABIA?
Game of Thrones, de um mapa a outro

Westeros é um continente que se estende, em comprimento, no modelo da Inglaterra e da Irlanda invertidas. Gigantesco, imponente, é frequentemente comparado à América do Sul, muito embora nenhum personagem seja de fato capaz de delimitar o norte. Para exemplificar, seria preciso seguir uma estrada de quase mil quilômetros de Winterfell a Porto Real. Em outras palavras, o trajeto está longe de poder ser considerado um passeio no parque.

Nem sempre é fácil entender a construção geográfica do continente. E é ainda mais complicado compreender a de Essos, onde a Mãe dos Dragões passa a maior parte do tempo. A saga nos deixa imaginar, o que nem sempre contribui para a coerência espaço-temporal. Tyrion, por exemplo, teria percorrido mais de 10 mil quilômetros em apenas sete anos, dos quais mais da metade a pé. No contador de Jaime, encontraríamos entre 5 e 7 mil quilômetros, aproximadamente.

Na sétima temporada, os roteiristas da série fecharam os olhos para todo e qualquer imperativo espaço-temporal, com o intuito de nos levar mais rapidamente ao desfecho. Assim, Jon percorreu dezenas de milhares de quilômetros em um estalar de dedos para encontrar Daenerys e, inversamente, a jovem veio ao encontro de seu chamado num piscar de olhos. Por certo que um dragão deve - provavelmente - voar muito rápido, mas ainda assim ele é uma criatura extremamente pesada. Essas incoerências contribuem necessariamente para o desenvolvimento da complexa trama narrativa da saga, ajudando-nos a descobrir mais rapidamente quem acaba no trono... Se é que alguém acaba nele, é claro.

VOCÊ SABIA?
As loucas lâminas do Trono de Ferro

Que a formidável poltrona de ferro, objeto de todos os desejos, é composta de um bom saco de lâminas, todo mundo sabe. Mas a versão fílmica do trono enfraquece aquilo que George R. R. Martin havia imaginado. O autor publicou um desenho de Marc Simonetti que a ilustra melhor: nele, vê-se o trono, com mais de 4 metros de altura - e um assento que parece efetivamente bem cortante -, ao qual se chega por meio de um enfileirado de degraus, concebidos em lâminas.

Ao lado desse monstro de metal, o trono da série é muito mais clássico em concepção e representação. Mas mesmo assim os *showrunners* se divertem bastante. Alguns fãs, observando os detalhes da composição, encontraram nele duas lâminas que pertencem a outros universos: a de Gandalf, conhecida como Glamdring, e a de Robin de Locksley, em *Robin Hood*. Aegon com certeza não enfrentou esses dois!

A GOTA D'ÁGUA QUE FAZ A COROA TRANSBORDAR

Há água por toda parte em Westeros. Ou quase. Ela bate contra as falésias de Essos, se joga na entrada de Braavos, se estica até Meereen, na Baía dos Escravos, desliza lentamente até Porto Real e torna a descer na direção de Lançassolar, no extremo sudeste dos Sete Reinos, reduto da Casa Martell. A oeste, serpenteia até o arquipélago das Ilhas de Ferro e atravessa o Mar do Poente rumo à Muralha.

A água circunda os personagens de *Game of Thrones* e tem um papel decisivo no percurso de alguns grupos. Ela marca um rito de passagem para Arya, pois é saindo dos rios de Westeros para chegar a Braavos que a garota dá início a seu renascimento. Daenerys dá uma voltinha por Essos; passa muito tempo na costa, procura navios e, em geral, pensa a guerra apenas por meio da travessia. Para a jovem Targaryen, ao contrário do que acontece com os homens de ferro, a água não é uma vantagem, mas um obstáculo maior a atravessar para levar a cabo os projetos de conquista.

ÁGUA: OBSTÁCULO OU ESTRATÉGIA?

A água é um elemento recorrente na mitologia, e sua distribuição pode ser explicada pelas representações fantasiadas da cartografia. Até a época das grandes descobertas, os povos tinham uma compreensão limitada daquilo que os rodeava. Por isso, a *Odisseia* estabelece um mapa marítimo gigantesco – mesmo que, na realidade, Ulisses mal tenha saído do mar Egeu.

Além disso, na Antiguidade, os homens associavam os fenômenos marítimos a uma plêiade de divindades. Poseidon (ou seja, Netuno), deus dos mares e dos oceanos e irmão de Zeus, é, sem dúvida, o mais conhecido. Entretanto, está longe de ser o único: há também Anfitrite, esposa de Poseidon, e Nereu (deus marinho primitivo), as náiades (ninfas aquáticas), os deuses-rios... E as divindades dos ventos, tais como Éolo (Aeolus) e Bóreas (Aquilos), diretamente ligadas à água.

Para assegurar o bom gênio de todos esses personagens mágicos, os homens faziam oferendas e sacrifícios. É assim que Ifigênia quase acaba ficando sem cabeça.[25]

A jovem era filha de Agamemnon, rei de Micenas e de Argos, designado para dirigir as tropas gregas em direção a Troia. A missão dele consistia em resgatar Helena, raptada pelo troiano Páris, um dos filhos do rei. Para chegar à cidade, era preciso passar pelo mar – os navios partiam de Áulis, perto de Atenas, depois atravessavam o mar Egeu para chegar em Helesponto. Mas sair do porto parecia impossível, pois os ventos permaneciam desfavoráveis. Agamemnon bem que tenta esperar.

---

[25]. Eurípides, *Iphigénie à Aulis*, trad. Jean Bollack et Mayotte Bollack. Paris: Les Éditions de Minuit, 1990.

O adivinho Calcas, que devia seu dom da visão a Apolo, explica então o que havia acontecido: Agamemnon ofendera Ártemis, vangloriando-se de ser melhor do que ela na arte da caça. Como castigo, a deusa impede o vento de soprar. Para apaziguá-la, explica Calcas, seria preciso matar Ifigênia, a filha do rei.

Apesar do choro da jovem, Agamemnon aceita o sacrifício – afinal, ele devia partir a Troia o quanto antes, em nome da Grécia! Assim, o homem traz a filha a Áulis, sob o pretexto de organizar seu casamento com o grande e belo Aquiles. Mas ela logo compreende a traição e termina por aceitar a própria morte. Ártemis, que acompanhava a cena de longe, substitui Ifigênia, no segundo de seu enforcamento, por uma corça. Ela conduz então a mortal a seu templo, em Táurida, e ali a moça se torna uma sacerdotisa devotada à deusa.

O filicídio[26] é um tema encontrado na mitologia e nas religiões. Assim como o sacrifício de Isaque (Gn 22,2), é um momento simbólico no qual o homem exprime uma terrível violência, expiada pela dor, fazendo, com isso, nascer um novo mundo. Difícil não comparar esses sacrifícios àqueles que faz a feiticeira vermelha, Melisandre, para agradar o Senhor da Luz. Primeiro o irmão de Stannis, depois seu sobrinho Gendry, que consegue escapar *in extremis*, e, por fim, a filha do pretendente ao trono, Shireen.

Para Stannis, a água é uma estratégia: ela consiste no único modo de chegar a Porto Real para encarar o combate.

---

[26]. Assassinato do filho por um de seus pais.

a gota d'água que faz a coroa transbordar

A monumental Batalha da Água Negra, a mais importante da Guerra dos Cinco Reis, lembra, uma vez mais, os combates épicos da Guerra de Troia.

OS HOMENS DE FERRO E O DEUS AFOGADO

A oeste de Westeros, os homens de ferro têm outra relação com a água. Esses homens e mulheres permanecem ancorados numa antiga tradição que se define em oposição à Fé dos Sete e ao passado fundador dos Sete Reinos. Sua história é cheia de frustrações, pois eles foram sucessivamente vencidos pelos Targaryen e pelos Tully na Guerra da Conquista, e depois por uma coalizão de Casas, em resposta à Rebelião Greyjoy. O espírito de insubordinação está inscrito na cultura desse povo de pescadores.

"O que está morto não pode morrer, mas volta a se erguer, mais duro e mais forte!" Essa frase, recitada em diversas ocasiões, carrega a doutrina religiosa dos homens de ferro, representada pelo Deus Afogado. Segundo as crenças, a divindade teria sido afogada por seu povo antes de ressuscitar. Dessa forma, os padres precisam submergir à maneira do deus e, no nascimento, as crianças são tradicionalmente mergulhadas na água do mar. É um rito de passagem que sacraliza o homem. A imersão lembra o batismo cristão, símbolo da morte e do renascimento. Já na mitologia grega, Aquiles, quando bebê, é mergulhado no Estige, rio dos infernos,[27] cuja água tinha propriedades mágicas, capazes de tornar qualquer um invulnerável.

---

[27]. Homero, op. cit.

Sua mãe, Tétis, o segura pelo calcanhar e o submerge no rio. Conclusão: o herói da Guerra de Troia é morto, adulto, por uma flecha em seu famoso calcanhar, sua única fraqueza física.

O mito da fonte da juventude está profundamente ligado à história de Aquiles. Conta-se que essa fonte conferia juventude ou imortalidade a quem bebesse de suas águas ou nelas se banhasse. Os romanos pensavam que essas águas mágicas haviam sido uma ninfa que Júpiter (Zeus) transformou em fonte regenerativa. Sua esposa, Juno (Hera), se banhava nela todos os anos para reencontrar sua virgindade. Do ponto de vista celta, a tribo de Dana (Tuatha Dé Danann) mergulhava os feridos em combate numa fonte que lhes devolvia vitalidade, para que eles pudessem voltar para o combate na manhã seguinte.

Essa relação com a pureza do corpo e do espírito encontra um eco particular nas crenças dos homens de ferro. Sua filosofia repousa sobre a força e a coragem. Apenas os mais resistentes podem sobreviver, à imagem do Deus Afogado: "O que está morto não pode morrer".

Nas crenças desse povo, outra figura consiste no contraponto negativo da divindade adorada. O deus da tempestade representa a tristeza e a discórdia. Simbolicamente, os dois se completam, como as divindades greco-romanas, cujos poderes são interdependentes. O que faria Poseidon sem Éolo? O que seria o deus da água sem o senhor do vento? Onde estaria Daenerys se as velas de seus navios tivessem permanecido imóveis?

VOCÊ SABIA?
Game of Thrones, modo turismo

Noventa milhões de dólares, ou seja, cerca de 360 milhões de reais. Esse foi o orçamento anunciado para a oitava temporada de *Game of Thrones*. Um montante, sem dúvida, faraônico. Cabe dizer que, após o início de sua difusão, a série passou a representar uma pequena fortuna em gastos, e não só por conta dos efeitos especiais.

Para representar os diferentes reinos e regiões, as equipes se locomoveram pelo mundo inteiro, o que lhes permitiu abordar espaços de temperaturas extremas: tanto o Norte congelado quanto o sul de Essos, com seu calor insuportável.

Os espectadores foram transportados a pelo menos sete países, de uma ponta a outra da Europa, passando pelo Magreb. Navegaram na Islândia, depois tornaram a descer para uma paragem no Marrocos. As próprias cenas de Porto Real foram rodadas em dois países, Croácia e Malta. Dubrovnik, com suas grossas muralhas elevando-se sobre a água, foi a escolhida para simbolizar o coração dos Sete Reinos. Os muros da Fortaleza Vermelha, no entanto, são os da fortaleza de Lovrijenac, do lado de fora de Dubrovnik. E a Batalha da Água Negra teve como palco a baía que fica de frente para a fortaleza.

A Islândia, especialmente Vatnajökull, segunda maior geleira da Europa, foi escolhida por suas paisagens nevadas capazes de simular vastos espaços polares. As cenas que se desenrolam em Winterfell foram rodadas em diferentes locais, a exemplo do castelo de Doune, que já havia sido usado, em 1975, como cenário de *Monty Python - Em busca do cálice sagrado*.

A Espanha e o Marrocos foram locais de gravação de inúmeras cenas ensolaradas: a maior parte das cidades livres, o Mar Dothraki, Dorne, as arenas de Meereen e muitos outros. Mas a maior parte das cenas que se desenrolam nos Sete Reinos foi simplesmente filmada na Irlanda: as Ilhas de Ferro, o pátio de Winterfell, a Pedra do Dragão e as terras da tempestade, onde Melisandre deu à luz. Um verdadeiro tour pela Europa!

UM POUCO DE HISTÓRIA
O fogovivo,[28] de Constantinopla a Porto Real

A Batalha da Água Negra tornou-se cultuada no universo *Game of Thrones* e não é à toa: é o primeiro combate que acontece, ao longo da Guerra dos Cinco Reis, opondo um pretendente ao trono em Porto Real. É também a primeira vez que o leitor ou espectador realmente torce para que os Lannister percam a coroa, pouco antes da reviravolta da situação em favor do atual rei. Antes disso, Tyrion desenvolve uma estratégia para repelir o cerco: ele utiliza fogovivo para queimar a frota de Stannis. A imagem é majestosa, toda cheia de reflexos esverdeados na água, e num piscar de olhos quase todos os navios do irmão de Robert Baratheon são reduzidos a pó. Mas, na realidade, será que o fogovivo existe de verdade?

Essa mistura, capaz de queimar mesmo em contato com a água, teria sido inventada no século VII em Constantinopla. Na época, a cidade santa estava sob o domínio do Império Bizantino. Essa nova arma ajudava

---

[28]. A tradução francesa de "wildfire", nosso "fogovivo", segundo as versões brasileiras de *Game of Thrones*, é "feu grégeois", "fogo grego". Isso explica a relação direta, estabelecida por Fossois, entre o fictício "fogovivo" utilizado por Tyrion na Batalha da Água Negra e a arma empregada durante o Império Bizantino, ligação menos explícita para o leitor brasileiro. (N. T.)

a protegê-la contra os árabes na época dos cercos a Constantinopla, a partir de 674. Muito potente, o fogo teria conseguido proteger a cidade até a queda do Império, no século XV. Mas reza a lenda que a receita dessa incrível mistura, um verdadeiro segredo militar, foi enterrada com os bizantinos, e sua composição exata, perdida. E com certeza é bem melhor assim.

VALÍRIA: O MISTÉRIO DA CIDADE ENGOLIDA

Westeros é o principal cenário da guerra pelo Trono de Ferro. A razão é simples: os Sete Reinos, que cobrem grande parte do continente, são orientados por um poder central, representado por Porto Real. Daenerys cresce longe dessa organização, da qual ela reivindica ser a representação política legítima. Sua busca iniciática, ao longo das seis primeiras temporadas, nos conduz pelo continente de Essos, a sudeste de Westeros. Trata-se de um mundo oriental ampliado, onde magias e lendas se misturam para compor um universo estranho, inacessível, que é a própria definição de exotismo – palavra cuja etimologia grega significa "exterior, estrangeiro". Esse espaço imenso nos é pouco conhecido, mas sua história está intimamente ligada à dos Sete Reinos. Ela também remonta à Era da Aurora, período que assistiu ao nascimento dos Primeiros Homens e à emergência dos Filhos da Floresta e dos gigantes. A Perdição de Valíria, quatrocentos anos antes da Guerra dos Cinco Reis, é considerada o evento mais marcante da história do continente. Trata-se de um enorme cataclismo – sem dúvida, uma erupção vulcânica –, que destrói uma parte da península. O império valiriano, que então dominava boa parte do continente, não sobrevive à catástrofe.

A marca de Valíria é o dragão. Ao aprender a controlar o animal, que povoava amplamente a região, a cidade pôde conquistar todo o território. Ela estabelecera colônias, além de postos para o trabalho de escravos nas minas. O império funcionava com base em uma oligarquia, com posses administradas por um poder central. Sua desaparição permite o nascimento das nove cidades livres. Entretanto, por meio de Essos, Valíria permaneceu um espaço misterioso e temeroso, onde inúmeros conquistadores desapareceriam após a Perdição.

Todas as zonas sombrias em torno da cidade decaída nutrem o imaginário popular para moldar um espaço entre a vida e a morte, entre o racional e o irreal. Trata-se de uma referência ao mito de Atlântida, que marcou profundamente a cultura ocidental.

DE ATLÂNTIDA A YS

Atlântida é uma ilha citada nos escritos de Platão.[29] Poderosa e conquistadora, ela logo se torna o coração político de uma talassocracia[30] que se estendia ao longo do Estreito de Gibraltar (colunas de Hércules), no oceano Atlântico, e cujo domínio sobre a Europa havia sido impedido por Atenas. Assim como Valíria, a cidade foi engolida pela água devido a um cataclisma. Na mitologia, é Zeus quem

---

[29]. Ver, por exemplo, *Œuvres complètes — tome X : Timée*, trad. Albert Rivaud. Paris: Les Belles Lettres, 1925.

[30]. Diz-se de poder centralizado principalmente sobre o mar. O termo vem do grego *thalassa*, que significa "mar".

provoca o desastre; seu objetivo é punir a *hybris* dos Atlantes. Como jamais foram encontrados vestígios, a dúvida permanece: seria Atlântida uma fantasia ou de fato uma cidade desaparecida?

Na série, quando Jorah Mormont atravessa de jangada a antiga Valíria em ruínas, os *showrunners* despertam, na realidade, todo um imaginário fabuloso que foi construído, no fio dos séculos, em torno do mito de Atlântida. Mas a cidade mítica da saga é perigosa; os livros nos contam que Gerion Lannister (irmão de Tywin) desapareceu misteriosamente na região. E é claro que os homens de pedra, que assombram os vestígios esquecidos da gloriosa cidade, não nos tranquilizam nem um pouco. Esses personagens sofrem de escamagris, a mesma doença incurável que afeta a filha de Stannis; eles não têm, portanto, nada a perder, tornando esse espaço fantasioso ainda mais aterrorizante.

Mistério, grandeza e horror sustentam a imagem fantasiada de nossas cidades engolidas e desaparecidas, no mundo inteiro. Isso porque Atlântida inspirou inúmeras histórias. Nas lendas da Bretanha, por exemplo, a cidade de Ys, localizada na baía de Douarnenez, teria sido invadida pelo oceano para punir seus habitantes.[31]

Tudo começa com a história da princesa Dahut, jovem de grande beleza. Ela era filha do rei Gradlon e da rainha do norte, Malgven. Certo dia, a moça pediu a seu pai que lhe construísse uma cidade perto do mar. E assim ele o fez. Era,

---

[31]. Jean Markale, "La Ville engloutie ou le mythe celtique des origines", em *Les Celtes et la civilisation celtique, mythe et histoire*. Paris: Payot, 1969.

dizia-se, a mais bela cidade do mundo. Para protegê-la das tempestades, o rei ergueu em volta um grande dique, munido de uma porta de ferro fechada a chave, única passagem possível. Ele passou a guardar a chave numa corrente em seu pescoço.

Ys era conhecida como um lugar para alegres farristas, onde se podia dançar, comer e beber até não poder mais. Ali, Dahut arrumava um noivo a cada noite; ela costumava colocar no rosto dos jovens uma máscara negra que, na manhã seguinte, lhes apertava a garganta até estrangular. Depois disso, a princesa oferecia os corpos ao mar. Mas, um belo dia, um cavaleiro desarranja esse ritual: ele a convence a roubar a chave atada ao pescoço do rei. Acontece que, no momento em que ela toma posse do objeto, o mar se agita, tornando-se aterrorizante. Assustados, pai e filha fogem a cavalo, mas a água os cerca. Um murmúrio vindo não se sabe de onde começa a pedir que Gradlon abandone Dahut. É então que aparece São Guenole, acusando a mulher de tentativa de roubo. Em cólera, o rei lança sua filha ao mar, e a moça é levada pelas águas. A cidade de Ys é então engolida, e todos os habitantes morrem afogados.

Aqui, o mar é personificado. É ele que pune a princesa. Mas por quê, afinal? O roubo é apenas um pretexto; o verdadeiro erro de Dahut teria sido fazer dessa gloriosa cidade um lugar de devassidão. A lenda repousa sobre as histórias bíblicas de Sodoma e Gomorra, as cidades destruídas pela vontade divina. E estas, por sua vez, são inspiradas nos castigos infligidos pelos deuses do Olimpo, quando provocados pela *hybris* humana.

Daí a dizer que os valirianos, furiosos conquistadores e escravagistas, teriam sido punidos por uma força superior é apenas um passo. Mas isso a saga não diz.

Em todo caso, nem tudo é sempre sombrio nos mitos. A desaparição nem sempre é sinônimo de destruição e infelicidade. Na lenda arturiana, por exemplo, a ilha de Avalon teria sido volatilizada no momento em que se buscava o Graal em Gileade. É nesse espaço mágico que Excalibur teria sido forjada. É esse também o lugar para onde Artur teria sido levado após seu último combate em Camlann. Por fim, Avalon teria sido a morada da fada Morgana.

Como em *Game of Thrones*, trata-se de um lugar engolido por magia, um espaço desconectado do tempo e do mundo dos homens, enfim, um espaço ideal para testemunhar o nascimento de dragões.

UM POUCO DE HISTÓRIA
Mas e o Império Romano no meio dessa história?

As inspirações de George R. R. Martin são as mais diversas. Além de nos lembrar o mito de Atlântida, a história de Valíria é também uma referência à decadência dos impérios conquistadores, especialmente o romano.

É preciso lembrar que Roma atinge seu apogeu no século II d.C. À época, sua influência se estendia pelo Mediterrâneo, incluindo a Grécia. Depois, o império se separou em duas partes: ocidental, futuro Império Romano Germânico, e oriental, destinada aos bizantinos. Seu declínio, causado por múltiplas razões políticas, sociais e econômicas, teve início no século V, com a abdicação do último imperador da parte ocidental.

O principal inimigo de Valíria era o império ghiscari, reconhecido pelo emblema da Harpia - lembrando que, na quinta temporada, a estátua de ouro no formato de Harpia é destruída por Daenerys para simbolizar a queda do escravagismo. A cidade de Ghis é comparável a Cartago, que foi um adversário de peso para Roma, principalmente nas Guerras Púnicas, entre os séculos III e II a.C.

O paralelo entre Valíria e Roma continua na história das respectivas expansões, na força das conquistas de cada península e no acúmulo de escravos. Os dois impérios são, por fim, construídos sobre as ruínas de uma organização estatal complexa - os reinos helenísticos do período clássico, no que concerne a Roma, e os Ândalos e os Roinares, no que compete a Valíria - até sofrerem uma queda destrutiva.

O ORIENTE, AS NOVE CIDADES E UM POUCO DE MAGIA: QARTH E O MAR DOTHRAKI

O império valiriano é o epicentro histórico e cultural de *Game of Thrones*: é o lugar de onde vieram os ândalos, onde vivia inicialmente a Casa Targaryen, onde nascem os dragões. Foi também nesse espaço, antes da invasão da cidade próspera, que se desenvolveu a Fé dos Sete: a divindade de sete faces teria sido encarnada em Ândalos, a nordeste de Essos. Era o tempo de Hugor da Colina, primeiro rei dos ândalos.

Das cinzas do império nascem as cidades livres, nove cidades-Estado independentes, partilhando uma cultura comum: escravatura, homicídio sem julgamento, exclusividade da representação masculina na esfera política... Daenerys, em seu périplo, altera brutalmente esse contexto. Sua viagem, de Pentos à Pedra do Dragão, nos transporta ao coração de um Oriente fantasiado, engolido pelo sol, coberto de ouro e impregnado de magia. Esses reinos e povos nos lembram, em alguns aspectos, diferentes mitos e lendas.

A FASCINAÇÃO PELO OURO

Qarth é a segunda cidade na qual Daenerys faz uma parada após sua partida de Pentos. É o exemplo por excelência da cidade-Estado autossuficiente, dotada de grande riqueza. O espaço urbano, delimitado por três muralhas e pelos mares de Verão e Jade, ao sul, é decorado por imensas estátuas de heróis e por um imponente arco de mármore incrustado de pedras preciosas. É uma das cidades mais ricas de Essos, onde podem ser encontrados diversos produtos de luxo: vestimentas, pedras preciosas, especiarias... Ela nos lembra, por isso, o mito americano das sete cidades de ouro e, também, o de Eldorado, espaço repleto de ouro.

Mas a fascinação dos homens pelo metal precioso é bem mais antiga. Ela remonta pelo menos à Antiguidade grega. Afinal, o velocino de ouro é uma das buscas centrais da mitologia.[32] O rei Pélias, filho de Poseidon e Tiro, ordena que seu sobrinho Jasão vá em busca dessa pele sagrada, que pertencia a Eetes, rei da Cólquida. O herói chega ao fim de sua busca com a ajuda de Medeia, filha de Eetes, então apaixonada por ele.

Ora, de onde vinha esse pano cintilante? A origem do mito repousa sobre a união de Poseidon e da mortal Theophane, filha de Bisaltes, ele próprio filho do Sol (Hélio) e da Terra (Gaia). Conta o mito que a beleza da jovem fazia com que muitos pretendentes corressem atrás dela. Assim, para protegê-la, Poseidon, também apaixonado, a transforma em ovelha e se metamorfoseia em carneiro. Do amor entre os dois nasce Crisómalo, um carneiro mágico capaz de falar. Ele podia voar e vestia o famoso velocino de ouro.

Em dado momento da história, o animal ajuda Frixo e Hele a fugir da madrasta, Ino, que tentava matá-los. Ele os transporta

---

[32]. Apolônio de Rodes, *Les Argonautiques*, trad. Henri de La Ville de Mirmont, 1892.

até a Cólquida para ver o rei Eetes. Mas, no meio do caminho, Hele perde a vida, e seu irmão Frixo sacrifica o carneiro à honra de Zeus e, em seguida, oferece o velocino a Eetes.

O ouro é um símbolo de poder, tanto para os Lannister, que portam um leão de ouro como brasão, quanto para os Targaryen, que buscam no metal precioso um modo de conquistar os Sete Reinos. É por isso que Viserys, irmão de Daenerys, morre quando Drogo despeja uma coroa de ouro fundido sobre sua cabeça.

Essa história remete a uma tradição greco-romana. Entre os gregos, a coroa de louros, às vezes feita de ouro, era um símbolo forte de honra e distinção. Era atributo de numerosas divindades, especialmente de Afrodite, a mais bela das deusas. Alguns mitógrafos contam que essa mesma coroa foi dada a Ariane, em seu casamento com Dioniso. Outros dizem que foi o próprio deus do vinho quem a encomendou a Hefesto para dar à esposa.

Ao matar Viserys dessa maneira, o Khal desonra a posição do irmão de Daenerys, levando a jovem a pronunciar uma frase simbolicamente cínica e dura: "Ele não era um dragão. O fogo não pode matar um dragão".

DA MAGIA E DOS BRUXOS

Qarth também é um lugar de magia, ou melhor, de bruxaria. Lá, encontramos uma porção de personagens estranhos. Entre eles, Quaithe, a mascarada, bruxa obscura que possui, como Melisandre, dons de clarividência e profecia. Há também os

Imortais, que vivem na casa homônima onde, na série, os dragões ficam escondidos. Estes últimos são os líderes da Guilda dos Alquimistas de Qarth e têm poderes ocultos.

O tema da bruxaria é abordado pela grande maioria dos povos pelo mundo. Supõe-se que, desde a Pré-História, a magia tenha sido útil para ajudar os homens a compreender o inexplicável. Na Grécia, diferentes tipos de personagens são providos de poderes mágicos, sem distinção precisa: os deuses (titãs, olimpianos), as divindades menores (ninfas, musas, hespérides...) e alguns mortais (heróis, adivinhos, videntes...). Assim, a essência do mago nem sempre é clara: Circe, que se apaixona por Ulisses na *Odisseia*, mas, além dela, Medeia e até mesmo Hécate eram muitas vezes associadas à bruxaria, prefigurando a face obscura da magia.

No folclore escandinavo, poderíamos pensar nas sacerdotisas conhecidas como *völvas*, que podiam prestar serviços aos homens. Uma das mais conhecidas, Groa, tenta retirar uma pedra enfiada na cabeça de Thor durante o combate com o gigante Hrungnir.[33] A *völva* recitava encantamentos que faziam a pedra se mexer e, enquanto era curado, Thor lhe contava sobre seu retorno do país dos gigantes, Jotunheim. Groa fica de tal maneira encantada pela história que se esquece de seus encantamentos. Resultado: a pedra permanece eternamente presa na cabeça do deus.

Em *Game of Thrones*, a prática da magia faz parte da essência de Essos. Fundamentalmente, ela não é positiva

---

[33]. Snorri Sturluson, op. cit.

nem negativa; tudo depende de quem a pratica e por qual razão. Ela é muitas vezes associada à religião: Melisandre prega a palavra de R'hllor, e os Sem Rosto, a do Deus de Muitas Faces. Mas ela pode também ser pagã: há a visão verde (habilidade de ver o passado, o presente e o futuro), os troca-peles, que podem entrar na mente dos animais... E há, ainda, a prática descrita como *magia negra*.

Mirri Maz Duur é a encarnação desse tipo de feitiçaria. Com encantamentos místicos e sangue de cavalo, ela consegue salvar Drogo em troca da vida do filho de Daenerys. Mas Khal passa a não ser mais o mesmo: seu coração bate, porém seu espírito não está mais ali. A mulher é uma *maegi*, pois utiliza artes mágicas como a magia de sangue (isto é, feitiços que fazem uso de sangue). Ela é a caricatura da maga maléfica, da feiticeira medieval que era queimada nas fogueiras. Essa concepção do sobrenatural se desenvolve em oposição ao cristianismo durante a Idade Média; algumas práticas, inspiradas no xamanismo, eram interpretadas como ocultas, perigosas e (é claro) diabólicas.

UM POUCO DE HISTÓRIA
A Grécia clássica reproduzida à maneira da Guerra do Trono

As nove cidades livres que nasceram da queda de Valíria carregam nelas o coração de nossa antiga civilização e de seu funcionamento sociopolítico - ao menos em partes. George R. R. Martin se inspira, aqui, na organização das cidades gregas durante o período clássico. Esses agrupamentos humanos eram chamados de *polis*, termo que então significava "povo, número" - a palavra "cidade" vem do termo latino *civitas*. Assim, essas cidades menores, as *polis*, eram núcleos políticos, religiosos e culturais, e suas aglomerações consistiam em campos cujos habitantes eram considerados cidadãos de pleno direito. Entre as numerosas cidades da Grécia clássica, Atenas e Esparta se destacavam pela força guerreira e pela importância demográfica.

Assim sendo, talvez as nove cidades livres pudessem ser comparadas à Liga de Delos, uma aliança militar que funcionava igualmente como organização estatal. A única diferença é que a Liga era dirigida por Atenas, cidade-mãe, enquanto as pequenas cidades de Essos eram inteiramente livres de qualquer poder superior. Ao menos até a chegada de Daenerys.

O ORIENTE, AS NOVE CIDADES E UM POUCO DE MAGIA: HARPIA E BRAAVOS

Em Essos, há outro grupo humano cujo emblema é diretamente tirado de uma figura mítica: os Filhos da Harpia, uma milícia da cidade de Meereen, que foi pouco a pouco se tornando um grupo dissidente. Essa comunidade foi massivamente destruída pelos dothrakis sob as ordens de Daenerys. Mas quem são eles? O grupo rebelde é constituído de antigos mestres escravocratas que usam máscaras com efígie de Harpia. Essa figura remete ao emblema do antigo império ghiscari que se desenvolvia na extensão da Baía dos Escravos, antes do surgimento de Valíria.

Mas por que a representação? Na mitologia grega, as harpias eram três irmãs, divindades da devastação, metade mulher, metade pássaro. Filhas de Tifão (deus das tempestades), eram extremamente rápidas, violentas e conhecidas por devorarem tudo por onde passavam. Eram temidas tanto pelos homens como pelos deuses, que também podiam ser atacados por elas. Acreditava-se que as harpias raptavam as crianças e as almas dos mortos.

O emblema ghiscari é munido de um torso de mulher, com patas de águia, asas de morcego e calda de escorpião.

É uma figura horrenda que supostamente aterrorizaria o povo. A cidade de Astapor, onde Daenerys liberta os primeiros escravos, tem inúmeras estátuas com essa efígie, especialmente aquela no topo da grande pirâmide de Meereen, deposta por Daenerys como símbolo da abolição da escravatura.

BRAAVOS E O TITÃ

A noroeste da Baía dos Escravos, Braavos se afirma como a mais misteriosa das cidades livres. Sua história é um pouco diferente da de suas irmãs, uma vez que ela jamais esteve sob a opressão de Valíria. Além disso, a cidade não pratica a escravatura, ao contrário de Qarth e das outras cidades da Baía. Sua cultura é complexa, pois foi modelada a partir de muitas inspirações, vide a arquitetura ali presente, que retoma características de Veneza e de Istambul. Braavos é, por fim, o coração econômico de Essos e Westeros, uma vez que lá fica a sede do Banco de Ferro, fato que faz da cidade a maior potência do mundo de *Game of Thrones*.

Logo na entrada, os barcos passam por uma imponente estátua de granito que representa um titã. Ela serve de farol gritante e espaço de defesa, com suas assassinas. Faz principalmente referência direta às primeiras divindades gregas, coisa curiosa para uma civilização que supostamente não teria bebido na fonte dessa mitologia. Nas genealogias divinas, os titãs eram ancestrais dos olimpianos: Cronos, filho da Terra e do Céu, mas também Prometeu, Hipérion e Mnemosine, entre outros. A própria Afrodite, nascida de um esperma de Urano que cai na água, pode, segundo Hesíodo,[34] ser considerada uma titânide (Homero, por sua vez, a retrata como filha de Zeus).

Cronos era rei dos deuses, mas uma profecia anunciava que o próprio filho o destronaria – como ele mesmo havia feito com seu pai, Urano, decepando-lhe o sexo. Para evitar essa reviravolta desfavorável, Cronos engole cada um de seus filhos: Hera, Hades, Poseidon, Deméter e Héstia. Mas Reia, sua esposa, esconde o último nascido numa caverna do monte Ida. Para que Cronos não perceba nada de errado, ela lhe entrega uma pedra revestida por um cobertor, que o titã logo engole. A criança salva se chamava Zeus. Quando chega à idade adulta, o jovem deus se rebela: faz Cronos vomitar seus irmãos e irmãs, dando início a uma grande guerra contra os titãs, a Titanomaquia. É nessa ocasião que os ciclopes forjam as armas de Zeus e de seu grupo, extirpados do Olimpo: o raio, para o último nascido de Reia, o tridente para Poseidon, o elmo (capacete que torna invisível quem o veste) para Hades.

Como resultado da guerra, os titãs são aprisionados no Tártaro, e os deuses masculinos dividem entre si o mundo: Zeus obtém o céu, Poseidon, o mar, e Hades, os infernos.

Mas a estátua que protege a sociedade braaviana poderia ser igualmente uma referência ao mito de Prometeu.[35] Trata-se de um dos raros titãs que não foi enclausurado no Tártaro. Ele é conhecido por ser profundamente humanista; a tal ponto

---

[34]. Hesíodo, op. cit.
[35]. Ibid.

que alguns mitógrafos[36] o consideram criador dos homens. Segundo essa perspectiva, ele os teria moldado a partir da água e da terra, antes de Atena lhes dar o sopro da vida.

Prometeu tenta melhorar a condição dos mortais. Para isso, inventa uma estratégia: pede ao rei do Olimpo que escolha entre dois pratos de carne: o primeiro, tentador, continha os ossos e a gordura; o segundo, menos apetitoso, continha as melhores partes do animal. Zeus, que logo compreende a artimanha, opta pelo primeiro. Foi a partir daí que os gregos passaram a jogar no fogo os ossos das carcaças a fim de alimentar os deuses e ficar com a carne para si. É também essa lenda que explica a diferença entre os deuses e os homens: os primeiros são mortais, pois consomem um alimento que apodrece, ao passo que os segundos são imortais, visto que os ossos não se desfazem.

A história não termina assim. Para punir o titã, Zeus tira o fogo dos homens. Mas Prometeu, sempre muito sagaz, guarda consigo uma chama e, com ela, presenteia a humanidade. O rei do Olimpo fica então furioso e, para punir Prometeu, ele o amarra no cume do monte Cáucaso, onde, todos os dias, uma águia viria devorar seu fígado, que se refaria durante a noite. Além disso, o titã cria Pandora, a primeira mulher. Por trás de sua grande beleza, Pandora escondia um terrível segredo: Zeus lhe havia dado um espírito curioso, ciumento e pérfido. Ele havia dado a ela uma caixa, ordenando-lhe que o objeto jamais fosse aberto. O que a mortal não sabia, entretanto, era que a caixa encerrava todos

---

[36]. Especialistas em mitografia, isto é, na transposição de mitos recolhidos oralmente.

os males da humanidade: a fome, a doença, a guerra, o vício, a traição e muitos outros.

Finalizada sua obra, Zeus entrega Pandora a Epimeteu, irmão de Prometeu, que imediatamente a toma como esposa. Terrivelmente curiosa, a jovem não consegue não abrir a caixa, apesar da proibição. Assim, inúmeras desgraças se espalham pelo mundo em um segundo, e, embora Pandora logo a torne a fechar, na tentativa de aprisionar os males restantes, a única coisa que sobra lá dentro é a esperança.

UM POUCO DE HISTÓRIA
O titã, um colosso diferente dos outros

A forma esguia da colossal estátua na entrada de Braavos possui inspiração direta do Colosso de Rodes. Por muito tempo, os historiadores pensaram que esse monumento de bronze servia de porta de entrada para o porto de Rodes, ainda que ela tenha sido mais verossimilmente posicionada nas partes altas da ilha. Ultrapassando 30 metros de altura, ele representava Hélio, o deus Sol, filho de titãs, mesmo não sendo, ele próprio, um titã. Construída entre os séculos IV e III a.C., a estátua teria desmoronado pouco tempo depois, devido a um tremor de terra, até desaparecer por completo. Ela é considerada uma das sete maravilhas do mundo. O titã de Braavos, que tem quase 100 metros de altura (aproximadamente o tamanho da Estátua da Liberdade), é visto como uma das Nove Maravilhas do Homem, descritas pelo escriba Lomas Grandpas.

fogo e sangue

personagens até a última gota

CAVALEIROS DE PERDER A CABEÇA

Cabelos louros levantando-se no ritmo do galope, acompanhado pelos tilintares metálicos da armadura e da espada protegida por uma bainha. O cavalo avança pelos caminhos lamacentos, tal como uma flecha pelo bosque. Ao fim da busca, a satisfação de estar fazendo o bem, salvando os desesperados, mas também de estar obedecendo de corpo e alma a um senhor. Brienne de Tarth é o arquétipo perfeito do cavaleiro; a personagem poderia inclusive ter saído direto da lenda arturiana. Embora, mesmo representando na obra de George R. R. Martin o modelo idealizado, ela não possua esse estatuto.

Mas isso não importa. O universo de *Game of Thrones* é moldado a partir de lendas épicas, representantes de uma Idade Média fantasiada. Ele se exprime pelas *sagas*, isto é, por narrativas que relatam grandes feitos de combatentes, descritos como particularmente heroicos.

O cavaleiro nem sempre foi um pio defensor da humanidade. No início da Idade Média, ele era associado a uma casta militar e a nobres de baixo escalão. A saga de George R. R. Martin toma como fonte de inspiração um universo que pende entre história e lendas, marcado por uma plêiade de personalidades sutis. Brienne de Tarth e Eddard Stark são duas figuras guerreiras que se destacam das demais por suas características estereotipadas.

A DONZELA DE ORLEANS

A senhora Brienne é, de fato, a caricatura do cavaleiro perfeito. Nela, está particularmente ancorada a noção maniqueísta – e essencialmente cristã – do bem e do mal. Brienne corre o mundo para servir, com extrema retidão, os senhores que julga bons o suficiente para merecerem que alguém lute por eles. E, depois que jura lealdade, ela não cede; nem ao menos se o senhor em questão bater as botas.

Ela é a imagem exagerada de Joana d'Arc, personagem histórica que, com o passar dos séculos, nutriu mitos e lendas, os quais muitas vezes a engrandeceram.

A "donzela de Orleans" teve um papel decisivo na Guerra dos Cem Anos, permitindo que o exército francês rompesse o cerco de Orleans. Ela se tornou uma lenda por si mesma, provocando inúmeras histórias sobre seu nascimento e sua infância. Sua missão foi descrita como pretensamente divina e suas ações na liberação do reino, como milagrosas. Graças a suas profecias, o rei passou a depositar nela sua inteira confiança.

Guerreira, profundamente crente – e moralmente justa –, inteiramente devota ao rei, ela é a ancestral histórica de Brienne, com seu look andrógino e sua virgindade exemplar. Ambas escolhem uma causa justa, segundo julgam, e não têm necessidade alguma de serem nomeadas para dar cabo de suas respectivas missões (divinas ou não): para Brienne, vingar Renly Baratheon e proteger as filhas de Catelyn Stark são questões de honra.

ARTUR PENDRAGON

Força, disciplina e senso de honra: são essas as características que definem a imagem do bom cavaleiro e que melhor representam a personalidade de Brienne. Num certo sentido, Eddard Stark é seu equivalente masculino.

Esse senhor passa a vida inteira defendendo o bem contra o mal, a verdade contra a mentira. Ele destrona o Rei Louco, depois combate em nome de Robert, o qual acredita ser legítimo e justo. Quando necessário, coloca seu ego de lado em prol dos interesses de sua família. É esse o sentido da cena em que ele confessa sua falsa traição, pouco antes de ser levado à morte. Ele é, por fim, um marido e pai perfeito, doce, atencioso com sua esposa, justo e afetuoso com seus filhos – e até mesmo seu suposto bastardo acaba não o sendo (mas isso era um pouco suspeito, temos que admitir).

A princípio, essas qualidades fazem de Ned o herói manifesto da saga, e seu brutal assassinato não deixa de surpreender o leitor/espectador, alterando o jogo. O evento marca o início da Guerra dos Cinco Reis e a feroz batalha travada pelos protagonistas para chegar ao Trono.

Todas essas características nos remetem a uma boa quantidade de cavaleiros e senhores das lendas medievais, dos quais o mais célebre é, sem dúvida, o rei Artur.[37]

---

[37]. Martin Aurell, *La Légende du roi Arthur*. Paris, Perrin, 2007.

De acordo com o folclore e as diversas lendas ligadas a ele, Artur Pendragon, cuja existência jamais foi provada, defendeu o reino da Bretanha contra os Saxões, entre os séculos V e VI. Ele criou, além disso, a ordem dos Cavaleiros da Távola Redonda, com vistas a empreender a busca pelo Graal. De sua parte, Ned Stark combateu os selvagens e, como governador do Norte, viveu rodeado de diversas Casas vassalas que depositavam nele uma confiança quase cega.

GELO, EXCALIBUR E DURINDANA

O que há de fundamentalmente comum entre Brienne e Ned? Seria Catelyn e as filhas? Não exatamente. Ou a aversão pelos Lannister? Tampouco. A resposta para isso é a espada. Mas é preciso retomar o fio narrativo da saga para entender essa afirmação.

Após a morte de Eddard, Tywin manda derreter "Gelo", a espada do senhor de Winterfell – outro símbolo forte da oposição entre o fogo e o gelo. Com o aço, ele manda fazer duas lâminas. A primeira ("Lamento da Viúva") é transmitida a Joffrey como presente de casamento. Mas o jovem sádico acaba não tendo oportunidade nem tempo de tocá-la. A segunda é oferecida a Jaime, que a dá a Brienne como presente de despedida. Ela a nomeia "Cumpridora de Promessas", sublinhando, mais uma vez, a força de suas crenças na fidelidade a um suserano.

Essa arma é uma das raras espadas de aço valiriano que existem em todo o território: há "Garralonga", que Jon recebe de Jorah Mormont, "Veneno do Coração", que Sam rouba de seu pai, e ainda outras, disseminadas entre as várias Casas ou literalmente perdidas.

A particularidade dessa espada, fora sua leveza e extrema solidez, é seu aspecto mágico: ela é capaz de matar os Caminhantes Brancos, sem que se saiba exatamente o porquê.

Trata-se, é claro, de uma piscadela a Excalibur, espada que a Dama do Lago oferece quando Merlin leva Artur para perto da água. Algumas versões a relacionam à Espada na Pedra, que o jovem consegue milagrosamente extrair de uma bigorna, provando para o mundo sua qualidade de rei. Reza a lenda que ela era inquebrável e extremamente cortante – em outras palavras, sua bainha tornava invulnerável quem a empunhasse.

Espadas mágicas são coisas recorrentes nas lendas de diversas civilizações. Na cultura celta, por exemplo, encontra-se a espada de Nuada, um dos cinco talismãs da tribo de Danann. Ela possui uma força extraordinária, capaz de cortar aço e ferro. Na mitologia nórdica, a espada de Freyr, deus da fertilidade, podia lutar sozinha, protegendo aquele que a detinha. Ela só poderia ser controlada por um herói digno. Mas Freyr a perde quando se dedica a casar com Gerð, a gigante pela qual se apaixona – e, por isso, acaba sendo massacrado na hora do Ragnarök.

Entre as lendas medievais, há também Durindana, a espada inquebrável de Rolando.[38] Conta a história que, antes de sua morte, durante o combate que travou contra os sarracenos ou os vascões (bascos), nos Pireneus, o cavaleiro

---

[38]. *La Chanson de Roland*, org. Jean Dufournet. Paris: Flammarion, 1993.

tenta quebrar sua arma, lançando-a na direção de uma montanha. Seu objetivo: evitar que ela caísse nas mãos de seus inimigos. O problema é que, em vez de a espada quebrar em mil pedacinhos, ela parte a montanha ao meio. Trata-se da Brecha de Rolando, atualmente visível de um desfiladeiro que separa a França da Espanha. Com a ajuda do Arcanjo Miguel, a arma cruza mais de 300 quilômetros até a igreja Notre-Dame de Rocamadour. Ali, no coração do santuário, ela se espeta na rocha, onde, aliás, continua até hoje.

De onde vem Durindana? A arma teria sido dada a Rolando por Carlos Magno, que, por sua vez, a teria recebido de um anjo. Outra versão explica que originalmente ela pertencia a Heitor, herói da Guerra de Troia, morto por Aquiles.[39]

Essa suposição não é descabida. Embora a espada não possua um papel simbólico muito preciso na mitologia grega, ela entra na categoria de objetos mágicos que Hefesto (Vulcano) seria capaz de construir, a exemplo das armas e dos escudos de Aquiles e Héracles.

E o que dizer de Excalibur? A espada teria sido forjada em Avalon, ilha desaparecida. Eis outro paralelo com Gelo, espada de aço valiriano: Valíria não é outra senão a célebre cidade engolida de *Game of Thrones*.

A receita para obter esse aço se perde no momento da Perdição. Não obstante, é precisamente esse composto que possibilita a luta contra os Caminhantes Brancos. Tal como o vidro de dragão... Daí a pensar que o aço valiriano é concebido a partir de vidro de dragão, encontrado aos montes

---

[39]. Ariosto, *Roland furieux*, trad. Franscique Reynard. Paris: Folio, 2003.

na Pedra do Dragão, é um simples passo. A questão é saber como os Filhos da Floresta, que teriam criado o primeiro Caminhante Branco a partir desse mineral natural, poderiam ter tido acesso a isso...

> VOCÊ SABIA?
> Quando *Game of Thrones* decapita George W. Bush
>
> A decapitação pode ser uma coisa divertida - para o desgosto de Ned, que provavelmente não concordaria com isso! Acontece que sua cabeça encontrou a de outro personagem, já bem enfiada numa estaca: essa cabeça pertence a George W. Bush. No fim da primeira temporada, o rosto do ex-presidente estadunidense foi disfarçado com uma peruca antes de acabar, como os outros, explodido. A cena causou certa polêmica, levando a HBO a tirar a referência do DVD e, é claro, a se desculpar.

UM POUCO DE HISTÓRIA
A Guerra dos Cinco Reis realmente existiu?

A cabeça do querido Ned Stark enfiada numa estaca na entrada de Porto Real estremeceu mais de um adorador da saga. Mas essa imagem assustadora está, de fato, longe de ser pura ficção. Ela nos lembra especificamente o destino de Ricardo Plantageneta na entrada de York. A grande diferença entre ele e o senhor do Norte repousa na cronologia e nas pretensões de cada um com relação ao poder. A história dos dois homens se reflete, como um espelho invertido e, no entanto, a existência de ambos está intimamente ligada a um conflito que anima profundamente a corte.

A Guerra dos Cinco Reis estoura devido a dois eventos: o decesso do Rei Robert e o assassinato de Ned Stark. Esse conflito que abala o reino põe em cena cinco reis: Joffrey, mas também Stannis e Renly, que reivindicam, cada um, o Trono de Ferro, bem como Robb (Rei do Norte) e Balon Greyjoy (rei das Ilhas de Ferro), que reclama independência.

Esse conflito maior é, com efeito, inspirado na Guerra das Rosas, do século XV, desencadeada pelas pretensões ao trono da Inglaterra, esboçadas por nosso famoso Ricardo Plantageneta. Trata-se de uma guerra civil que opôs a Casa York e a Casa Lancaster, ambas prevalecendo como herdeiras legítimas, até a ascensão de Henrique Tudor (Henrique VII) ao poder. Ele consegue unir as duas Casas por meio de seu casamento com Elizabeth de York, fundando assim a dinastia Tudor. O brasão escolhido por ele, à época, reunia os brasões de ambas as casas rivais: uma rosa branca e uma vermelha.

CATELYN: "FUI A UM CASAMENTO E ACORDEI TRANSFORMADA EM ZUMBI: POP"

Game of Thrones conta com diversas cenas emblemáticas: a morte de Ned, o nascimento dos dragões, a Batalha dos Bastardos, ou ainda, a destruição do Grande Septo de Baelor por Cersei. Mas a que mais marca os adoradores da saga continua sendo o massacre do Casamento Vermelho (*The Red Wedding*), que terminou por dizimar uma parte dos Stark e, em especial, a tão querida Catelyn.

UM BANQUETE SANGRENTO

Voltemos um pouco. Catelyn estava acompanhando seu filho Robb, recém-honrado com o título de Rei do Norte, que lhe fora atribuído por seus aliados. Eles marchavam em direção a Porto Real para negociar a liberdade de Ned, aprisionado pelos Lannister, bem como a de Sansa e Arya. Durante essa campanha, ela descobre sobre a morte de seu marido, decapitado por traição.

Para o leitor ou o espectador, a morte do herói é improvável: se o autor havia eliminado Eddard da história, ele podia muito bem descer a lâmina em qualquer personagem. Nem Catelyn estava a salvo dos raios de George R. R. Martin.

De luto por seu querido e amado, a heroína descobre a morte de dois de seus filhos, enforcados pelas mãos de Theon, pupilo de seu esposo. Restavam-lhe, *a priori*, somente suas duas filhas, que ela acreditava estarem em Porto Real (coisa que, em partes, era verdade, mas Catelyn não tinha ideia da realidade).

Ela observava a Guerra dos Cinco Reis com alguma desconfiança e certo recuo. Seu lobinho, Robb, estava tornando-se adulto; a guerra era, para ele, um rito de passagem, um adeus à adolescência. Agora ele já era um marmanjo e podia dar as ordens. Chamavam-no de Rei do Norte. Ele tinha um cachorrão gigante e assustador. Era ele, também, que precisava assinar um acordo em detrimento de sua vida amorosa: desposar uma moça Frey. Mas Robb permanece um adolescente e, no fim, decide desposar Jeyne Westerling (por conveniência, nos livros, e por amor, na série). Com isso, ele provoca a ira de Walder.

Quando precisa de uma nova ajuda de seus aliados do Norte, Robb assina um novo acordo com a casa Frey: Lorde Edmure Tully, irmão de Catelyn, se une, em seu lugar, a Roslin Frey, filha do rei. A cena do Casamento Vermelho consiste num banquete de horror, em que uma mãe vê assassinados seu filho e seus aliados.

Isso nos remete à refeição de Tiestes, rei de Micenas, na mitologia grega. O homem era neto de Tântalo, que, por sua vez, havia sido amaldiçoado pelos deuses por se pensar melhor (ou mais esperto) do que eles.[40]

---

[40]. A maldição de Tântalo repousa na mesma construção mitológica. O homem, rei da Frígia, era filho de Zeus. Ele dá prova de desmesura

fogo e sangue

Tiestes dormia com a esposa de seu irmão gêmeo Atreu e com ela acaba tendo dois filhos. Ele a convence a roubar o velocino de ouro que Atreu então tinha em seu poder. No momento em que a traição é descoberta, Tiestes vai se esconder no Épiro. Para se reconciliar, seu irmão organiza uma celebração em sua honra. Eles se encontram, felizes, e em seguida passam à mesa. O que o traidor não sabia era que Atreu havia mandado cortar os filhos de seu irmão em pedacinhos para então colocá-los no forno e apresentá-los como banquete. Após tê-los comido, o homem fica louco de raiva. Ele lança, em seguida, uma maldição que passa a pairar sobre toda a linhagem dos Atridas (Agamemnon e Menelau, Ifigênia e Electra...).[41]

Para os gregos, o banquete possuía uma importância capital; masculino, ele representava um espaço de sociabilidade tanto quanto um marcador social e indenitário bem codificado. E é isto que explica a violência desse mito: ao trair Tiestes num momento de partilha, Atreu rompe o laço de humanidade que subsistia entre os dois. Pior do que isso, ele vai contra o rito de hospitalidade.

---

em diversas ocasiões. Uma das cenas mais significativas, e que possui uma relação direta com a história de Tiestes, está ligada a uma forma de antropofagia. Ele corta seu filho Pélope para servi-lo em um banquete destinado aos deuses. Mas esses últimos o percebem de imediato. A única a engolir um pedaço, do ombro, é Deméter. Zeus devolve a vida a Pélope e substitui seu ombro por marfim. Como castigo, Tântalo é enviado aos infernos para toda a eternidade, onde ele sofre um suplício: vaguear por aí sem poder comer nem beber. Quando ele se aproximava dos alimentos e da água, estes desapareciam ou se transformavam em pedra.

[41]. Apolodoro, op. cit.

catelyn: "fui a um casamento e acordei transformada em zumbi: pqp"

Nas cidades, a hospitalidade era verdadeiramente um código de boa conduta. Todo lar tinha a obrigação de acolher calorosamente qualquer estrangeiro que batesse à porta. Se essa regra fosse ignorada, corria-se o risco de provocar a cólera dos deuses.

George R. R. Martin integra leis de hospitalidade em sua obra, tradição que remonta aos Primeiros Homens. Como no caso dos gregos, os antigos deuses garantem o protocolo, e aquele que o recusa está automaticamente amaldiçoado.

Existem diferentes maneiras de se mostrar um bom anfitrião. Uma delas é acolher um viajante com pão e sal. É exatamente esse o rito que Catelyn impõe à Casa Frey em sua chegada. Lorde Walder dialoga com esse costume, ancorado no povo do Norte e nas crenças a ele associadas.

A religião nórdica também considerava o banquete um rito social. Partilhava-se a carne, bebia-se à honra dos deuses e dos ancestrais. Ainda que a hospitalidade tenha um sentido forte para esses povos, as representações são abordadas de maneira um pouco diferente em relação aos gregos. Para compreender isso, basta ler a história do roubo do martelo de Thor.[42] Nomeada Mjölnir, ela era a arma mais potente do mundo, tendo sido construída pelos anões.

Thor era particularmente afeiçoado a esse objeto miraculoso, capaz de destruir qualquer coisa, sem sequer sofrer um único arranhão. Mas o martelo atraía a cobiça e, certa manhã, o deus acorda sem ele. "Foi o rei gigante Thrymr que

---

[42]. Snorri Sturluson, op. cit.

se apoderou dele", assegura Loki, "e só o devolverá em troca da mão da deusa Freyja".

Mas os deuses se viam mais espertos. Reunidos em assembleia, decidem travestir Thor em Freyja, apesar das reticências, enviando-o ao Jotunheim acompanhado de Loki. O gigante, contente de poder unir-se com a deusa, os espera com um banquete suntuoso. Porém, a brutal natureza de Thor o denuncia: com um apetite de ogro, o deus se joga na comida e, quando Thrymr tenta beijá-lo, vê fogo nos olhos de seu inimigo. Loki intervém para acalmar a situação, sob o pretexto de que fazia vários dias que Freyja não comia, de tão empolgada com a ideia de encontrar seu futuro esposo. Mais tranquilo, Thrymr vai buscar o martelo para consagrar o casamento e o deposita sobre os joelhos de sua amada. É aí que Thor, saindo de seu disfarce, se apossa da arma e massacra o rei e todos os gigantes presentes na casa. O banho de sangue termina, e ele volta tranquilamente para Asgard.

SENHORA CORAÇÃO DE PEDRA

A cena do Casamento Vermelho consiste num momento-chave da intriga de *Game of Thrones*, responsável por reduzir a pó as figuras de autoridade da Casa Stark. Ela cristaliza, em última análise, e de uma vez por todas, as tensões entre as duas partes do reino: pró-Lannister e anti-Lannister. Nessa ocasião, descobre-se que a família do rei e seus aliados não têm limites para a humilhação; a cabeça do lobo de Robb, Vento Cinzento, é costurada no pescoço de seu dono. O corpo de Catelyn é jogado no rio.

Catelyn: "fui a um casamento e acordei transformada em zumbi: pqp"

A continuação da história é de conhecimento apenas dos adoradores dos livros, que esperaram, frustrados, os roteiristas a integrarem na série. O corpo sem vida da esposa de Ned é resgatado por Nymeria, loba de Arya, e depois descoberto pelo grupo formado por Beric Dondarrion, o qual é diversas vezes ressuscitado por Thoros de Myr. Seu cadáver está em estado deplorável; ela possui as cordas vocais decepadas, o pescoço furado, os cabelos ressequidos e desordenados, a pele murcha. Diante desse evidente estado de putrefação, Thoros se recusa a devolver-lhe a vida. Mas Beric oferece a própria vida pela de Catelyn.

Ela volta dos mortos com o nome de Senhora Coração de Pedra, inteiramente decidida a se vingar dos Frey e encabeçando a Irmandade Sem Estandartes. Catelyn enlouquece e deixa de sentir compaixão. Ela chega até mesmo a ordenar o enforcamento de Brienne, em vista de seu envolvimento com os Lannister. No fim das contas, a matriarca dos Stark não passa de um corpo animado, aterrorizante, que perdeu toda sua humanidade. É a perfeita definição do zumbi: existe apenas para semear a discórdia.

Mas de onde exatamente vêm os zumbis?

Na cultura grega, a relação com o além era muito codificada. Acreditava-se que apenas uma morte honrada e um óbolo dariam a alguém o direito de passar por Caronte em direção aos infernos. O lugar era horrível, subterrâneo e comandado por Hades e sua esposa, Perséfone. Guardado por Cérbero, esse espaço era temido pelos homens. Mesmo assim, alguns heróis da mitologia fizeram uma rápida pausa ali antes de voltar para o mundo dos vivos. É o caso de Teseu e Héracles. Mas a história mais significativa é a de Orfeu.[43]

Orfeu era um grande músico e poeta; com sua lira, encantava homens, deuses, animais, árvores e rochedos. Ele vivia feliz com a esposa, Eurídice, por quem era completamente apaixonado. No entanto, um belo dia, a jovem começa a ser perseguida por Aristeu, deus da agricultura, que deseja seduzi-la. Acidentalmente, ela esbarra numa serpente e, pouco tempo depois, morre envenenada. Orfeu não consegue aceitar a fatalidade e se dirige aos infernos para trazer de volta sua esposa. Lá, ele encanta a todos: Caronte, Cérbero, os três Juízes do Inferno e até mesmo Hades e Perséfone. Hades o autoriza, então, a retornar ao mundo dos vivos com Eurídice, mas com a condição de que até avistar a luz do sol ele não se virasse para olhar sua esposa. No entanto, quando ambos saem dos infernos, o poeta acaba dando uma olhada para trás, pois não escutava barulho algum e desconfiava de Hades. E é aí que Eurídice parte para sempre.

Os mitos antigos carregam um rico imaginário da morte, dos infernos, dos espíritos e daqueles que voltam. A mitologia grega traz à tona as *queres*, filhas de Tânatos (personificação da morte) ou de Nix (deusa da noite), dependendo da versão. Elas eram divindades da infelicidade e da destruição, com longas unhas e resmungos assustadores. Vestidas com uma longa capa tingida com o sangue de suas vítimas, passeavam pelos campos de batalha, sugando o sangue dos moribundos e enviando-os

---

[43]. Ovídio, *Metamorfoses*. Lisboa: Cotovia, 2007.

Catelyn: "fui a um casamento e acordei transformada em zumbi: pqp"

aos infernos. Elas foram, mais tarde, associadas às moiras e às erínias, divindades da destruição.

Já os romanos acreditavam nos lêmures, espíritos malignos pertencentes a homens mortos de maneira brutal.

No Ocidente medieval, essas crenças pagãs confrontavam a fé católica, a qual delimitava mais claramente o mundo dos vivos e o dos mortos. Surgem disso os fantasmas, criados para assombrar lendas. No folclore escocês, podem ser encontradas, por exemplo, as *glaistigs* ou Damas Verdes, espíritos tão vingativos quanto protetores. A Dama de Skipness, por exemplo, protegia o castelo em que vivia sua família... Uma verdadeira Senhora Coração de Pedra, tirando a parte do sangue.

UM POUCO DE HISTÓRIA
The Red Wedding, espelho da história

E se o Casamento Vermelho tivesse realmente acontecido? Para criar a cena, George R. R. Martin se inspirou em dois fatos históricos sangrentos. O primeiro deles é o Jantar Negro, que aconteceu em meados do século XV. Ele traz à baila William Crichton, futuro Lorde Chanceler da Comuna da Escócia, e o jovenzinho Jaime II, na época com apenas 10 anos.

O então regente, Arquibaldo Douglas, partilhava o poder com a rainha-mãe, Joana Beaufort. Mas Crichton tinha outros planos. Ele vê na morte de Douglas uma oportunidade de ouro para tomar a coroa - principalmente porque, no meio-tempo, a rainha havia se casado novamente e, com isso, perdido completamente os direitos sobre o que quer que fosse.

Ele organiza então uma bela refeição no castelo de Edimburgo para os dois filhos de Douglas, sendo que o mais velho tinha 16 anos. O objetivo oficial dessa festança era selar os fortes laços entre os diferentes membros ligados à realeza. Mas o jantar acaba mal: reza a lenda que, depois do festim, Crichton manda trazer para os dois jovens uma cabeça de touro, que é depositada sobre a mesa. A coisa cheira mal, em todos os sentidos. No castelo, ouviam-se tambores. Ao fim, os dois filhos de Douglas acabam assassinados, apesar dos protestos do rei.

O Casamento Vermelho é inspirado também no Massacre de Glencoe, ocorrido em 1692. Três anos antes, Guilherme III se tornava rei da Inglaterra, da Escócia e da Irlanda, como consequência da Revolução Gloriosa. Ele concede o perdão aos diferentes clãs que haviam participado dos levantes jacobinos, na condição de que fosse jurada lealdade ao rei. Mas o clã dos MacDonald de Glencoe o faz tarde demais, o que leva Guilherme III a um acesso de cólera. Era preciso vingar a honra da corte. E foi o que ele fez.

Era início de 1692 e os MacDonald haviam acolhido cento e vinte homens do regimento de infantaria do conde de Argyll, seguindo as regras de hospitalidade. Na realidade, eles tinham sido enviados pelos conselheiros do rei e lá haviam passado algumas semanas pacíficas. Uma bela manhã, os soldados atacam seus anfitriões: trinta e oito homens são assassinados e quarenta mulheres e crianças morrem de frio por terem suas casas incendiadas.

AS TRÊS REGRAS DE CERSEI:
FAMÍLIA, PODER
E SADISMO

"*Power is power*", assegura ela imperturbavelmente a Lorde Baelish, quando este a ameaça. E com razão. Se há uma pessoa na série que gosta do poder, essa pessoa é, sem dúvida, a esposa do Rei Usurpador, pouco a pouco transformada em regente e, finalmente, coroada rainha dos Sete Reinos: "Quando se joga o jogo dos tronos, ganha-se ou morre. Não existe meio-termo", explica a Ned, calmamente.

Sua personagem reúne cinco dos sete pecados capitais: a luxúria, o orgulho, a cólera, a preguiça e a inveja. Perigosa, maquiavélica e dissimulada, Cersei é uma caricatura do *feio* e, como tal, triunfa muitas vezes. Ela é um dos motores da saga; suas ações dão ritmo à trama narrativa, culminando num ponto de implosão – a magistral destruição do Grande Septo de Baelor. Ela domina, além disso, o emprego do veneno, "arma das mulheres", tal como o fazia a feiticeira Circe, cujo nome ecoa diretamente o seu.

CERSEI, A FEITICEIRA

Circe possui um papel fundamental na *Odisseia*.[44] Ela era filha de Hélio (Sol) e Perseis, uma das três oceânides. Por sua linhagem, ela deveria ser considerada uma divindade, mas Zeus recusa-lhe ambrosia, o manjar dos deuses.

A jovem cresce, então, no mundo dos homens, mas munida de poderes e de uma varinha mágica. Antes de ir morar na Ilha de Eeia, onde ela parece ter passado grande parte de sua vida, havia sido esposa de um lendário rei dos sármatas, povo nômade descendente dos citas. Circe dominava a arte das poções e dos venenos, e acaba matando seu marido ao testar nele uma de suas misturas. Em razão disso, ela passa a ser caçada pelos sármatas e se exila no mar.

De grande beleza, Circe é diversas vezes cortejada, mas só se apaixona de verdade – e enlouquecidamente – por Ulisses, de retorno a Ítaca.

Aportando na ilha, o marinheiro envia, antes dele, cerca de vinte homens para investigar a região. Mas Circe, que havia predito o momento, os transforma em porcos. Um único homem consegue se safar do encantamento para avisar o chefe. O bravo Ulisses toma então o caminho em direção à casa da feiticeira. No trajeto, Hermes, deus mensageiro, o aconselha a consumir uma planta mágica chamada moli, erva capaz de barrar o efeito dos feitiços de Circe.

Assim, ele entra na casa e é acolhido pela própria moça, que lhe propõe um drinque de boas-vindas. A bebida era na realidade uma poção capaz de transformá-lo, como Circe

---

[44]. Homero, *Odisseia*, op. cit.

fizera a seus confrades, em porco. O guerreiro acrescenta discretamente um pouco de moli na taça, bebe e desembainha sua espada para ameaçar a feiticeira. Circe então promete desfazer o encantamento lançado nos companheiros de Ulisses e nunca mais atentar contra a vida deles. Em troca, ele dorme com a feiticeira. A aventura amorosa dura um ano, e só depois o herói de Troia volta a partir atrás de Penélope.

CERSEI, A RAINHA

Assim como Circe, Cersei é uma mulher poderosa, capaz de tudo para obter o que deseja: reinar e vingar seus filhos. Desse ponto de vista, ela lembra Aspásia, personagem também lendária que costumava ser hetera (cortesã) ou esposa de Péricles, célebre líder militar e orador da Grécia clássica. A seu lado, Aspásia teve um poder político fundamental, afirmando-se como figura intelectual ateniense de importância central.

A presença feminina no meio político permanece, contudo, muito calculada nos mitos e geralmente associada ao imaginário oriental. Ônfale, por exemplo, era rainha da Lídia;[45] foi ela que submeteu Héracles à servidão, impondo-lhe diversos trabalhos, entre os quais matar uma cobra gigantesca. Ela então o desposa. Trata-se de uma história que joga com a simbologia dos gêneros. O herói viril, tornado escravo, está sob as ordens de uma mulher de poder – tal faz Cersei, que impõe sua vontade a praticamente todos os homens que a rodeiam, inclusive Jaime.

---

[45]. Apolodoro, op. cit.

Outra história é a de Dido (ou Elissa), que funda Cartago e depois governa a cidade, após ter escapado da Fenícia. Ela traz prosperidade à região, atraindo cobiça. Assim, o rei da Lídia, Jarbas, exige sua mão, sem a qual enviaria um exército para atacar o povo cartaginense. Diante da ameaça, Dido prefere apunhalar-se e, em seguida, lançar-se ao fogo.

Outra versão conta que ela se apaixona por Eneias, de passagem pela costa africana ao fim da Guerra de Troia. Mas o romance é impedido pelos deuses do Olimpo: Eneias precisava fundar uma cidade, pois tal era seu destino. Incapaz de suportar a ausência do herói, Dido dá fim à própria vida, com o auxílio de uma espada.[46]

O suicídio evidencia a força psicológica dessas personagens. Como não pensar em Cersei, que, para não se submeter a Stannis, quase utiliza um veneno para pôr fim a seus dias e aos de Tommen?

CERSEI, A VENENOSA

A morte gravita em torno de Cersei como um animal que rodeia a vítima antes de cravar suas presas nela. Mas a mulher acaba sempre se safando. Chega ao ponto de criar seu próprio Frankenstein destruidor a partir do corpo de Gregor Clegane, mais conhecido como Montanha.

Durante o reino dos Baratheon, ela mata ou participa do assassinato de seu marido (Robert), duas Mãos do Rei, uma

---

[46]. Ver, por exemplo, Virgílio, *Eneida*. São Paulo: Editora 34, 2016.

rainha (Margaery), inúmeros religiosos – entre os quais o Alto Septão – e uma parte da corte. Entre outros.

"Conhecimento é poder", asseguram Varys e Mindinho. Para Cersei, "poder é poder". E, quando o possuímos, explica-nos a rainha, na surdina, podemos fazer qualquer coisa, ou quase. A arma favorita dela é o veneno, método conhecido desde a Pré-História e empregado até hoje. Vários mitos e lendas beberam dessa fonte, mas uma figura feminina se destaca, em particular: Medeia.[47]

Medeia foi uma feiticeira, como sua tia Circe. Sua história é complexa, repleta de emboscadas. Ela se apaixona por Jasão, que teria ido à casa de seu pai, Eetes, na Cólquida, para pegar o velocino de ouro. A moça o ajuda a enfrentar dois gigantescos touros, dando-lhe um unguento de invulnerabilidade.

Para defender o amado em sua fuga com os Argonautas, ela mata o próprio irmão e o corta em pedacinhos, espalhando-os em seguida. Devido a isso, os perseguidores têm de ir ao encontro de cada parte de carne, a fim de enterrá-la dignamente.

A pedido de Jasão, que desejava matar o assassino de seu pai, ela pede às próprias filhas que matem o rei Pélias como subterfúgio, depois se exila com seu amante em Corinto. Já na cidade, porém, o herói passa a repudiá-la depois de certo tempo – ele se interessa por Creusa, filha do rei Creonte. Medeia então fica enlouquecida de raiva e, com a ajuda de

---

[47]. Eurípedes, *Medeia*. São Paulo: Editora 34, 2010.

uma túnica mágica, queima a jovem, seu pai e os filhos que Creusa havia tido com Jasão.

Em seguida, ela se dirige a Atenas e desposa Egeu. Dessa união nasce Teseu, que Medeia tenta envenenar, sem sucesso. Ela rouba uma parte do tesouro de Atenas e foge numa carruagem de fogo em direção à Cólquida. Chegando a seu país natal, Medeia mata seu tio Perses e devolve o poder a seu pai, Eetes. Uma verdadeira Cersei do Atlântico.

UM POUCO DE HISTÓRIA
Quando a história vai mais longe do que a ficção

O veneno sempre foi uma fonte de fascinação para o homem. A realidade não é necessariamente menos sombria. Nos séculos XVII e XVIII, Giulia Tofana se torna uma verdadeira lenda. Ela produzia Aqua Tofana, uma mistura à base de arsênico, e a fornecia para mulheres que desejavam livrar-se de seus maridos. Giulia teria assim ajudado a matar cerca de seiscentos homens e, de acordo com alguns historiadores, Mozart quase teria feito parte desse número.

Mas ela está longe de ser a única a praticar a arte do envenenamento. Os Bórgia, por exemplo, foram mestres no assunto. E o próprio decesso de Joffrey é inspirado na história de Eustáquio IV de Bolonha no século XII. O jovem teria sido morto por asfixia durante um jantar, pondo fim, dessa forma, à guerra de sucessão pelo trono da Inglaterra. Como consequência, Henrique Plantageneta sobe ao trono. Simples acaso ou envenenamento?

VOCÊ SABIA?
A caminhada da vergonha de Cersei: *true story?*

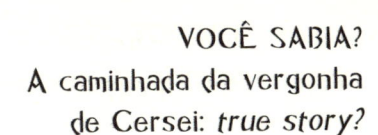

Aparentemente, a cena da penitência de Cersei foi bem complicada de gravar. Nela, vemos a mãe do rei, inteiramente nua, com a cabeça raspada, atravessar Porto Real em direção à Fortaleza Vermelha e, ao mesmo tempo, ser atingida, no caminho, por pedras, cuspes e insultos infligidos pelo povo. Filmada em Dubrovnik, na Croácia, durante três dias, parece ter sido difícil encontrar uma boa locação – os *showrunners* enfrentavam uma feroz oposição da Igreja.

Ainda menos conhecido é o fato de que não foi a atriz Lena Headey (Cersei) que fez a cena – não por pudor, mas porque estava grávida. Seu rosto foi posteriormente acrescentado ao corpo da dublê.

Essa caminhada da vergonha, psicologicamente insuportável, fisicamente difícil e desonrosa, era praticada na Idade Média com as prostitutas e as mulheres adúlteras. Um bom exemplo é o de Jane Shore: cortesã privilegiada de Eduardo IV, no século XV, a moça teve de expiar sua conduta imoral caminhando descalça de Paul's Cross a Londres, portando apenas uma túnica e segurando na mão uma vela.

A prática, no entanto, não era reservada unicamente às mulheres, como prova a penitência de Canossa. No século XI, o papa Gregório VII excomunga Henrique IV, do Sacro-Império, que o depusera no Concílio de Worms. Para garantir o domínio sobre seus vassalos e não arriscar ser destituído, o rei aceita cumprir uma pena. Ele atravessa os Alpes, em pleno inverno, acompanhado por sua esposa e filhos, até a cidade de Canossa, onde estava o papa. Segundo a história, ele permanece três dias com uma túnica de lã e os pés descalços na neve, para só então o Pai da Igreja abrir-lhe as portas da cidade e aceitar retirar-lhe a excomunhão.

MELISANDRE DE MUITAS FACES

Se há um personagem que não foge à caricatura, esse personagem é Melisandre de Asshai. Ela é a encarnação da bruxa maligna, do pio devoto pregador de uma seita misteriosa, sinistra, na qual até crianças são sacrificadas *pelo bem maior*. E, no entanto, essa figura está longe de ser simplória. Profundamente humana, ela fica completamente abalada quando percebe que levou Stannis, sua família e seu exército a uma morte que já era esperada. Ela ressuscita Jon sem saber de fato como o fez. "Eu não tenho esse poder", tenta explicar, antes de operar o milagre. Mas funciona. Meio jovem, meio velha, Melisandre permanece um mistério completo, que não se explica completamente nem em Essos nem no extremo Norte, onde ela nos parece deslocada, fora de lugar. Quem seria a feiticeira, no fundo?

O SÍMBOLO DO FOGO

A religião de R'hllor opõe duas divindades, uma de fogo e outra de gelo; a primeira é positiva, a segunda, negativa. É uma releitura das religiões zoroástrica e masdeísta, praticadas desde a antiga Pérsia. Os fiéis a essas crenças acreditavam na ressurreição e, principalmente, viam no fogo um símbolo central. Pensava-se que o elemento era, na realidade, filho de Aúra Masda, deus supremo, ele próprio representado sob a forma de um sol.

Por que o fogo é essencial a Melisandre? É por meio dele que ela profetiza, mas essa não é a única razão. Se para Melisandre o fogo é um símbolo fundamental, isso se explica pelo fato de ele ser um elemento purificador, como a água para os Homens de Ferro. Essa crença está ancorada há muito tempo nas sociedades, além de estar associada à criação da humanidade. No final, o titã Prometeu rouba o fogo de Zeus para dá-lo aos homens após tê-los criado a partir da terra e da água.

Também o mito da fênix liga o tema do fogo ao da vida. De acordo com a lenda, esse pássaro fantástico seria capaz de se consumir em chamas e depois renascer das cinzas. Ele existe pelo menos desde o Egito antigo e foi retomado pelos gregos, que o entendiam como um animal de verdade. Nas *Metamorfoses*,[48] Ovídio explica o ciclo de vida da criatura: ao fim de cinco séculos, quando a fênix sente que o fim se aproxima, ela constrói para si um ninho com plantas odoríferas, e nele se instala e se entrega à morte. De seu cadáver nasce um pássaro novo, e então o ciclo se reinicia.

No início da Idade Média, influenciados pelo imaginário religioso da reencarnação de Cristo, os homens creem mais deliberadamente no poder de ressurreição pelo fogo. Ele se torna um símbolo de imortalidade, adorado pelos padres da Igreja.

Por meio de Melisandre e de sua devoção ao fogo, elemento fundamental, George R. R. Martin nos remete a essas

---

[48]. Ovídio, op. cit.

crenças, intrínsecas à grande maioria das civilizações, e desenvolve uma nova fé, de práticas extremas e aterrorizantes.

SACRIFÍCIO E BRUXARIA

A parte mais tenebrosa do culto a R'hllor é a relação com o sacrifício – indispensável na disputa pelo trono, segundo Melisandre. São queimados, entre outros, as mulheres e os homens de Stannis que dão as costas para o Senhor da Luz, mas também o Rei-Para-Lá-da-Muralha e Shireen, filha de Stannis. Isso sem contar o assassinato de Renly pelo espectro que nasce da sacerdotisa e a tentativa de assassinar Gendry, que no final consegue escapar.

A fogueira é inspirada em inúmeras práticas e crenças associadas às religiões pagãs ou ao satanismo, na Idade Média. A lenda de Moloque, deus de Canaã (terra prometida aos hebreus, de acordo com a Bíblia), conta que mulheres e homens sacrificavam seus recém-nascidos a essa divindade dos mortos. E, mais relevante, há a lenda das bruxas, intimamente ligada à Inquisição; grande justificativa para uma virulenta caçada entre os séculos XV e XVII. A única diferença é que, em *Game of Thrones*, quem queima aqueles que se afastam de sua religião é a própria bruxa.

Melisandre é parente de algumas figuras da bruxaria tal como elas foram descritas no *O martelo das feiticeiras*.[49] Redigida no século XV por dois dominicanos, essa obra teve

---

[49]. Heinrich Kramer e James Sprenger, *O martelo das feiticeiras: Malleus Maleficarum*. Rio de Janeiro: Record, 1991.

um eco retumbante no Ocidente medieval, sustentando a legitimidade da Inquisição. Ela traçava um retrato da bruxa como uma mulher tentada por Satã e ligada aos mortos. Circe, a feiticeira da *Odisseia*, entraria retrospectivamente nessa categoria. Mas há, além dela, a Bruxa de Endor: como Melisandre quando tira seu colar, essa figura era representada muito envelhecida, com o rosto caído e a pele flácida. Seu talismã permitia que ela se comunicasse com os mortos, ao passo que o de Melisandre a fazia repelir a morte.

A história da Bruxa de Endor é contada na Bíblia hebraica.[50] Saul, o primeiro rei dos israelitas, recorre às profecias da feiticeira para saber se venceria os filisteus, prostrados sobre o monte Gilboa. Disfarçado para não ser reconhecido, ele se dirige a Endor. Quando a mulher percebe a farsa, fica aterrorizada – Saul era famoso por ter executado uma grande quantidade de bruxas. O rei a tranquiliza e ela aceita, por fim, invocar o espírito do profeta Samuel, o qual anuncia que o fim da dinastia estava próximo. No dia seguinte, Saul morre em combate.

Seria Melisandre uma bruxa? Sim, e sua descendência o comprova. Ela é capaz de engendrar Sombras, criaturas mágicas associadas a espíritos. Para criá-las, ela dorme com Stannis; a prática, explica ela, torna possível a utilização de "fogos vitais". O primeiro monstro mata Renly, o segundo, seu aliado, Cortnay Penrose. Cabe lembrar também que as sombras são invocadas pela magia negra de Mirri Maz Duur em seus encantamentos para salvar Drogo.

---

[50]. Bíblia hebraica, Primeiro Livro de Samuel, séculos VI-V a.C.

A PROFETA

A justificativa de uma figura como Melisandre repousa sobre sua capacidade de ler os sinais para interpretá-los. Ela acredita que R'hllor lhe envia mensagens para mostrar o futuro herói, supostamente a reencarnação do lendário Azor Ahai: primeiro Stannis, depois Jon, e talvez até mesmo Daenerys. Seu papel é o da mensageira, do arauto, como ele era compreendido na Grécia. Esse personagem possuía um papel de intermediário e uma voz penetrante de se escutar. O mais célebre deles é Hermes (Mercúrio), arauto dos deuses do Olimpo, munido de suas *talarias* – sandálias aladas que lhe permitiam percorrer o mundo de forma rápida.

Em *Game of Thrones*, Melisandre tem um papel comparável, ainda que mais místico. Ela transmite as mensagens de R'hllor, lidas no fogo, e incentiva seus discípulos a interpretar sinais nelas – exatamente como Thoros de Myr faz com o Cão de Caça, embora este último seja completamente ateu. Ela percebe algumas coisas do futuro, outras do passado. É por isso que Melisandre surpreende Jon ao pronunciar a mesma frase que Ygritte repete meses a fio: "Você não sabe nada, Jon Snow".

Ela é comparável às célebres profetizas da Antiguidade, como Pítia de Delfos, que trazia aos homens os oráculos, mensagens dos deuses. A feiticeira lembra também Cassandra, filha de Príamo, rei de Troia. A jovem havia recebido seus dons de Apolo, a quem se prometera em troca de aprender a arte da adivinhação. No final, Cassandra acaba repelindo as investidas, e o deus, em cólera, lança sobre ela uma terrível maldição: ela seria capaz de ler o futuro, mas ninguém acreditaria em suas profecias.

Assim, embora houvesse anunciado o rapto de Helena por Páris, Cassandra não consegue impedir a Guerra de Troia. Ela adverte também a respeito do subterfúgio do cavalo de Troia, mas não consegue persuadir ninguém a acreditar na tática dos aqueus. Ela prevê, ainda, a morte de seu noivo no campo de batalha e chega até mesmo a ver a si própria ser violada no templo de Atena.

Ainda que o destino de Melisandre não seja assim tão trágico, ele é ao menos comparável. Quando Stannis morre, todas as suas crenças são colocadas em xeque. A feiticeira vermelha havia mentido? Teria ela interpretado os sinais erroneamente? Todos aqueles sacrifícios não haviam servido para nada? Apenas a ressurreição de Jon faz com que ela volte a ganhar certa legitimidade; frágil, é verdade, mas muito mais real.

BÁRBAROS SAINDO PELO LADRÃO

Entre os supervilões imaginados por George R. R. Martin, os Lannister são mestres na arte do horror. Basta constatar a violência de Cersei quando ela explode em mil pedacinhos o Grande Septo de Baelor e toda a assembleia ali reunida, inclusive a rainha Margaery. Mas os Lannister têm algo a mais, que os diferencia de personagens só maus: eles são nobres, bem-educados e elitistas. Trata-se de vilões moldados em oposição à imagem do bárbaro, cujos melhores exemplos são os dothrakis e os selvagens.

Mas, afinal, o que significa ser bárbaro?

BÁRBAROS DE ONTEM E DE HOJE

O mito do bárbaro está intimamente ligado à história ocidental, desde a Antiguidade. Para os gregos, o termo caracterizava qualquer pessoa estrangeira àquela civilização, que não falava a língua. Para os romanos, eram pessoas que se encontravam do lado de fora do Império, sobre as quais eles não podiam reinar. Pouco a pouco, a palavra foi ganhando conotação negativa, passando a significar povos não civilizados e violentos.

Essas representações ecoam incessantemente nos mitos e no folclore de diversas culturas. Para os gregos, os bárbaros tinham, ademais, o papel de inimigos em potencial, possivelmente monstruosos. Acreditava-se, por exemplo, que os citas, povo indo-europeu iranófono conhecido no mundo antigo, viam Cites como rei-herói, mesmo o personagem sendo supostamente aterrorizante – nascido da união de Héracles e Equidna, que era metade mulher, metade serpente.

A figura do bárbaro tal como compreendemos hoje se formou aproximadamente quando as invasões germânicas abalaram a Europa Central. As características estereotipadas nutriram o folclore em torno da figura do viking, personagem facilmente encontrado, por exemplo, entre os cronistas da Idade Média. No século IX, *The Anglo-Saxon Chronicles* [Crônicas anglo-saxãs],[51] compilação de anais que relatavam a história do reino, evoca Ragnar, um herói semilendário, saqueador e violento. Ele teria, por exemplo, lançado o rei da Nortúmbria às serpentes. E a tradição faria dele um descendente do deus Odin.

Na França do século XI, Dudo de Saint-Quentin redige uma história dos normandos, tomando como ponto de partida a expedição do viking Hasting.[52] Ele o descreve como a caricatura perfeita do homem primitivo, cruel e sanguinário.

---

[51]. *The Anglo-Saxon Chronicles*. Cardiff: Wordcatcher Publishing, 2017.
[52]. Dudo de Saint-Quentin, *De moribus et actis primorum Normanniae ducum*, século XI.

A Igreja, pela pluma dos monges, associa esse povo a satã e desenvolve personagens radicalmente desconectados do real, já que o importante era, em primeiro lugar, estabelecer uma franca oposição em relação à boa moral cristã.

OS CENTAUROS

Esse imaginário inspirou diretamente a figura do dothraki, que os Lannister descrevem como hordas de selvagens estupradores. Extraordinários combatentes, eles nos lembram algumas divindades nórdicas, a exemplo de Odin, deus da morte e da vitória, e Thor, deus da tempestade, armado com seu martelo.

O físico desse povo de Essos é também calcado nos corpos musculosos dos guerreiros escandinavos, com cabelos longos e barba fornida. Mas as inspirações vão ainda mais longe; a relação quase indissociável com o cavalo lembra a figura do centauro nas mitologias greco-romanas. Essa criatura, metade homem, metade cavalo, faz inúmeras aparições na mitologia. Dotado de grande sabedoria, Quíron é o mais conhecido – mesmo sendo figura de exceção, uma vez que os centauros eram conhecidos por sua selvageria e violência. Um dos episódios mais conhecidos dessas criaturas é o da Centauromaquia.

O povo foi convidado por seus vizinhos, os lápitas, a participar de um banquete de casamento. Mas um grupo de centauros completamente bêbados tenta violar a jovem esposa, assim como outras mulheres. Foi esse o ponto de partida para uma grande batalha e o começo da dispersão desses homens-animais.

SEXO E VIOLÊNCIA

Em *Game of Thrones*, a sexualidade é brutal. Os machos dothraki saqueiam as cidades e violam as escravas. A relação entre Khal e Daenerys é particularmente complexa, uma vez que ilustra um confronto cultural radical: na série, a jovem é também abusada por Drogo, que não vê nisso nada além de uma prática lógica, constitutiva da instituição do casamento.

Se essa violência intrínseca à relação amorosa é assumida entre o povo de Essos, em Westeros ela é um pouco menos popular – embora continue ferozmente presente. A caricatura medieval, fonte de inspiração primeira para a sexualidade dos Sete Reinos, nos convida a reposicionar as personagens femininas numa relação de submissão imposta e – na maior parte do tempo – involuntária. Cersei, por exemplo, é uma mulher de poder; isso não impede, na série, que ela seja estuprada por seu irmão e amante e, ainda pior, que a cena se dê aos pés do altar sobre o qual repousa o cadáver do filho de ambos. Brienne, mesmo sendo furiosa guerreira, quase acaba sendo estuprada pelos homens de Roose Bolton. E isso sem falar em Sansa, que sofre o sadismo de Ramsay.

Essas cruéis representações do erotismo se integram a uma relação mais global com a violência e o sangue, a qual parece definir certa normalização do laço humano. Ramsay, mais uma vez, é mestre nisso, seguido de perto por Joffrey, interrompido em sua descoberta exaltada do sadismo. Veem-se pessoas sendo despidas como se fossem batatas sendo descascadas, prostitutas torturadas com o auxílio de bestas, caçadas sangrentas...

Essas cenas têm uma ligação direta com a história e as representações fantasiadas que os homens foram construindo desde a Antiguidade. A mitologia greco-romana é particularmente cheia delas: guerras, sangue e sexo ocupam um belo lugar nas narrativas dos antigos. E os personagens femininos, sobretudo quando mortais, são as vítimas mais frequentes.

Apemosine, por exemplo, paga o preço disso.[53] Ela era filha de Catreu, rei de Creta, e neta de Minos. Hermes se apaixona por ela, mas a jovem, recusando entregar-se ao deus, foge para não cair em suas mãos. Apemosine corre tão rápido que o arauto do Olimpo não consegue alcançá-la – que ironia para o deus mensageiro, de calcanhares alados! Hermes faz então uma armadilha: ele coloca no chão peles que ainda não haviam sido curtidas, com o intuito de fazer com que Apemosine escorregasse e caísse. Quando a jovem cai na emboscada, o deus salta por cima dela e a estupra. Em seguida, ela explica a seu irmão o ocorrido, mas este, acreditando ser o deus apenas uma desculpa, põe fim à vida da moça com um golpe de pedra.

EUROPA E AS SABINAS

Ao contrário dos dothrakis, as pessoas do povo livre (vulgo selvagens) mantêm uma relação muito mais saudável com a sexualidade. Ali, a paridade mulheres-homens parece mais distintiva em vista do resto do reino – sem falar que a mulher não é considerada um objeto sexual, e sim um guerreiro

---

[53]. Apolodoro, op. cit.

em potencial. A violência está em outro lugar, integrada mais profundamente na tradição. O casamento, em particular, para ser aceito, deve envolver, a princípio, um rapto. Esse rapto é ritualizado, e o falso raptor, homem ou mulher, deve provar inteligência para chegar ao fim do ritual. Quando o jogo termina, o casamento se dá por consentimento mútuo. No entanto, o símbolo de violência permanece presente.

O rito remete ao rapto das sabinas, um episódio lendário que segue à criação de Roma.[54] Após a gênese da cidade por Rômulo, era indispensável procriar para perpetuar. Mas os povos vizinhos não confiavam nos romanos e, por isso, não aceitavam ceder suas filhas para casamento com os novos habitantes. Era preciso encontrar um estratagema para contornar a situação.

Em Roma, durante as colheitas, era costume organizar uma grande festa à honra de Conso, deus campestre. As corridas de cavalo começam ali. No momento da celebração, Rômulo envia um sinal a seus homens: ele se envolve em sua capa e lança a investida. Os romanos afastam os sabinos e capturam suas filhas para desposá-las. O episódio dá início a uma guerra entre os dois povos, ao fim da qual os dois reis partilham a coroa.

Raptos são frequentes na mitologia, mas mais frequentes ainda são os raptos feitos pelos deuses. Europa, por exemplo, sofre as pulsões de Zeus, que a havia escolhido como companheira.[55]

---

[54]. Plutarco, op. cit.
[55]. Apolodoro, op. cit.

A princesa fenícia e suas seguidoras colhiam flores tranquilamente quando o rei do Olimpo repara na moça, apaixonando-se de imediato. Para se esconder de Hera, ele se transforma num touro branco de testa decorada com um disco de prata. Zeus então se aproxima das jovens, que o mimam por um breve instante, até que Europa, seduzida, monta em suas costas. O deus foge imediatamente, levando a jovem para Creta. Ali, longe dos olhos da esposa, faz amor com Europa.

Abandonada pelo deus, Europa desposa Astério, rei de Creta, que reconhece seus filhos ilegítimos: Creteu, que dá seu nome à ilha, e Minos.

A BOA CARNE... HUMANA

Estupradores, sequestradores, assassinos... A descrição do bárbaro dá medo em quem lê. Mas ainda seria preciso acrescentar-lhe outra característica de embrulhar o estômago: o canibalismo, praticado pelos thenns do povo livre (ou clãs dos rios de gelo, nos livros). Eles têm o crânio raspado e escarificado – são a imagem romantizada do skinhead. É de arrepiar os cabelos. E eles consomem a carne de seus inimigos humanos.

A antropofagia fascina os homens há muito tempo; é o ato mais baixo da natureza humana, um forte símbolo de autodestruição. Mitos e lendas contam casos de monstros sugadores de sangue, entre os quais o dos vampiros se faz sempre presente. Mas as origens disso são bem mais antigas.

O próprio Ulisses, em sua odisseia marítima, acaba encontrando um povo canibal: os lestrigões, gigantes que haviam fundado uma sociedade civil organizada.[56] Ao desembarcar nas terras desse povo, o herói envia três companheiros para reconhecer o território. Os homens então chegam ao palácio, ao que Antífates engole um deles. Em seguida, os outros tentam escapar, mas os lestrigões se lançam ao ataque, fisgando os marinheiros. Ulisses logo consegue subir a bordo de um navio e prosseguir sua jornada.

O retrato do bárbaro é fundamentalmente negativo em *Game of Thrones*. Mas nem tudo é tão sombrio. O *selvagem* simplesmente não existe. Vemos que ambos, dothrakis e selvagens, constituem sociedades estruturadas, hierarquizadas de maneira complexa, com mentores que, quando não são reis, possuem uma legitimidade embasada no respeito. É dentro desse quadro que se desenvolve uma violência ritualizada, a qual se integra ao funcionamento das respectivas civilizações. E, além do mais, não estariam os verdadeiros selvagens simplesmente sentados no trono?

---

[56]. Homero, *Odisseia*, op. cit.

UM POUCO DE HISTÓRIA
Gêngis Khan 'Drogo'

Os vikings são uma fonte de inspiração importante para os dothrakis, mas não a única. Os personagens de *Game of Thrones* apresentam, de fato, características de diversos povos históricos, em especial os mongóis. Eles se assemelham em muitos pontos: a vida nômade e guerreira, mas também a construção social em torno de um *Khan*, isto é, um "rei dirigente". Khal Drogo é uma versão *fantasy* de Gêngis Khan. Esse homem fora, no início do século XIII, fundador e imperador da Mongólia e um personagem carismático e respeitado por seus pares, tal como Drogo. Seu "império de estepes", que se estende por mais de 33 milhões de quilômetros quadrados, nos lembra a imensidão do Mar Dothraki. Ambos têm um físico fantasioso – corpo grande, particularmente musculoso e seco.

A imensa diferença entre os dois homens repousa sobre a política: Gêngis Khan une os povos nômades mongóis e desenvolve um conjunto de leis, a Yassa, que servia de código moral para o Império.

fogo e buscas

a saga dos heróis

A VIAGEM INICIÁTICA DE TYRION

Anão, *Duende*, ou ainda, *Meio-Homem*... São muitos os títulos pouco gloriosos utilizados para caracterizar o terceiro filho de Tywin Lannister. Mas e se, na contramão de todas as expectativas, Tyrion fosse o verdadeiro herói de *Game of Thrones*? Descrito como disforme pelos que o rodeiam, ele é o patinho feio de uma família que exala avidez pelo poder e pela vingança. Curioso, estratégico, político e humanista, ele visita quase todas as regiões dos Sete Reinos e vai até mesmo além; torna-se amigo do Norte, do Sul, de Essos. Ele sabe governar e liderar um exército e aprende a unir os povos, mesmo eles sendo refratários à ideia de soberania. Ele ajuda os desesperados, salva os fracos. Melhor do que isso: Tyrion tem um senso de humor particularmente desenvolvido.

DIONISO, NASCIDO DUAS VEZES

A história de Tyrion nos lembra a de Dioniso. Esse deus olimpiano era muito diferente de seus pares. Ele é fruto do amor de Zeus (Júpiter) por uma mortal, a filha do fundador de Tebas, Sêmele.[57] A relação dos dois é tão intensa que Hera, tremendo

---

[57]. Ver, por exemplo, Apolodoro, op. cit.

de ciúmes, tenta se vingar a todo preço. Ela se disfarça sob os traços da criada da princesa e a impele a pedir o impensável de seu amante: ver o rei do Olimpo em sua verdadeira forma. A princípio, o deus recusa, argumentando que nenhum mortal poderia sobreviver a essa visão, mas enfim ele cede à insistência de sua amada. Aureolado de luz, Zeus chega em carne, osso e majestade, emitindo um forte brilho. Sêmele é imediatamente fulminada. O deus então mergulha as mãos nas brasas e tira um feto do ventre de sua companheira. Ele abre a própria coxa e lá insere o futuro filho, para então costurar a pele e finalizar a gestação. É por conta desse duplo nascimento que o deus leva o nome de *Dioniso*, isto é, "nascido duas vezes". Vem daí, igualmente, a expressão "nascer da coxa de Júpiter".

Outra versão faz dele filho de Zeus e Perséfone, esposa de Hades. Nesse mito, Hera pede aos titãs que cortem o pequeno deus em pedaços, mas Atena recupera seu coração. O rei do Olimpo insere então o órgão no ventre de Sêmele, fazendo com que a criança nasça uma segunda vez.

Essa história remete inevitavelmente ao nascimento de Tyrion, cuja mãe morre no parto. Embora não tenha nascido duas vezes – ao menos não no sentido biológico –, ele foi imediatamente detestado e repelido por todos à sua volta, tal como Dioniso. A vida de cada um deles possui uma finalidade simbólica: mostrar aos olhos dos outros sua respectiva legitimidade de direito e seus princípios morais. Para isso, os dois seguem empreitadas solitárias.

Odiados pelas famílias, ambos devem provar sua inteligência e seu sangue frio para conseguir evoluir sem acabarem mortos. Tyrion se instrui, mergulha na obra de Lomas Grandpas sobre as maravilhas do homem, bem como nos livros dos santos. Ele se entretém, quando criança, fazendo acrobacias para divertir a família.

Já Dioniso é confiado por Zeus à sua tia Ino e seu tio Atamante, rei de Tebas. Para escondê-lo de Hera, o pai o transforma em bode e o envia a Nysa, onde ele é educado por ninfas.

O CAMINHO, DA MURALHA A ESSOS

É na idade adulta que os dois personagens podem, por fim, começar de fato suas respectivas buscas iniciáticas. Tyrion é um dos protagonistas que mais perambularam pelo mundo em *Game of Thrones*, atraído por uma grande curiosidade nutrida por leituras sobre a história e a geografia de Westeros e Essos. Partindo de Porto Real, ele vai até a Muralha, com uma passagem por Winterfell, antes de ser escoltado à força ao Ninho da Águia. Dali, ele prossegue para o Vale de Arryn, volta a Porto Real e foge, então, para outro continente. Em Essos, passa por Pentos, Valíria em ruínas, Meereen, e retorna, finalmente, para Westeros.

Pelo caminho, Tyrion se envolve com diversos personagens: Bronn, Podrick, Varys, Shae, mas principalmente seu primeiro exército, formado pelos clãs das Montanhas da Lua – guerreiros brutais com os quais ele consegue, por fim, negociar e simpatizar. Na estrada, ele toma boas taças de vinho e frequenta tantos bordéis quanto pode.

Dioniso, por sua vez, protagoniza uma longa libertinagem através da Grécia. Atingido pela *mania* (loucura), ele recebe os cuidados de sua avó Reia antes de alcançar a Lídia, a Frígia, a Pérsia e a Ásia, mas também a Trácia. Em cada um desses lugares, ele luta para ser reconhecido como deus pelos homens e estabelece pouco a pouco seu culto nos quatro cantos do mundo.

Personagem inicialmente solitário, ele acaba rodeando-se de uma horda de Mênades que partilham com ele o gosto pelo excesso: trata-se das Bacantes. Aos poucos, ele se impõe como deus do vinho, da fertilidade e da loucura. O objetivo: provar sua identidade com a força da inteligência e um bom tanto de brutalidade.

SER DIFERENTE É LEGÍTIMO

A busca tem uma reviravolta decisiva quando Tyrion e Dioniso finalmente enfrentam a família. A morte de Tywin marca, assim, um ponto de virada na vida do filho Lannister. Ela é consequência de uma busca assustadora, ritmada pela violência do entorno: Catelyn tenta acusá-lo e Lysa o envia para o Vale, persuadida de que dali ele não sairia vivo. Seu pai o manda ao campo de batalha, mesmo sabendo que ele jamais havia praticado o manejo de armas. Cersei o aprisiona, por fim, e tenta fazer com que ele seja morto, sob sucessivas ameaças.

Dioniso é esmagado pela agressividade de Hera. Ele é jogado na prisão pelo rei Licurgo e sofre a desmesura de seu primo Penteu, rei de Tebas, que se recusa a reconhecer seu culto. A tia Agave, mãe de Penteu, insulta sua linhagem.

Os dois personagens dão início, então, a outra busca: a da legitimidade. Tyrion, com as mãos sujas do sangue de seu pai, se desvincula simbolicamente de sua Casa para acompanhar o traçado político de Daenerys e combater sua família.

Dioniso desenvolve todo um arsenal para se vingar de seus parentes mais próximos, provar sua posição de deus e, por consequência, sua influência sobre os homens.

Essa aventura é contada nas *Bacantes* de Eurípedes.[58] Como reação à reprovação de Penteu, o filho de Sêmele organiza sua vingança. Ele se veste de mulher para se aproximar da corte do rei e, em seguida, enlouquece as tebanas – inclusive Agave. Dioniso convence o próprio Penteu a se vestir de mulher e o ridiculariza. Ele leva então as tebanas loucas, e Agave em primeiro lugar, a esquartejar o jovem rei. Mas, no momento em que a mãe desfilava pela corte com uma lança na qual estava espetada a cabeça de seu filho, ela retoma a consciência e percebe o horror de seu gesto.

Após ter provado quem era de verdade, o deus se dirige aos infernos para libertar a mãe. Ele transporta a mulher ao Olimpo, onde ela recebe o nome de Tione.

E se Tyrion fosse o verdadeiro herói da história? Ou, talvez, um verdadeiro rei em potencial? De fato, ele une os povos, protegendo-os como faria um líder político. Ele é estratégico como um comandante de guerra e, ao mesmo tempo, cultivado, um intelectual; conhece a arte da oratória e a domina inteiramente. Por fim, sabe diferenciar o bem do mal, para além dos próprios interesses. Quem melhor para governar o reino?

---

[58]. Eurípedes, *As bacantes*. São Paulo: Hedra, 2010.

VOCÊ SABIA?
"As chuvas de Castamere"

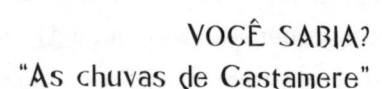

Em *As crônicas de gelo e fogo*, a figura do leão é onipresente. Ela marca a identidade dos Lannister, mas não só isso. Outras famílias também portam esse emblema, a exemplo dos Reyne. A sede dessa Casa era Castamere. Ela era a segunda mais rica de Westeros.

Tytos Lannister, então governador do Oeste, era considerado fraco e negligente. A Casa vassala aproveita para tentar tomar o poder, mas Tywin, seu filho, desejando restaurar o brasão de sua família, esmaga o exército inimigo e mata os últimos Reyne, fossem eles homens, mulheres ou crianças. Ele expõe, enfim, por muitos anos, os corpos deles nas portas de Rochedo Casterly.

Esse evento inspira a canção intitulada "As chuvas de Castamere", que acaba tornando-se o hino dos Lannister.

UM POUCO DE HISTÓRIA
O leão, um animal da mitologia

Real, feroz e selvagem... As características do leão designam uma figura ao mesmo tempo majestosa e inquietante. Ela está presente na mitologia, da Mesopotâmia ao Egito antigo. Também na cultura grega, o animal pode ser encontrado com frequência. A deusa-mãe Cibele, símbolo da natureza selvagem, teria sido educada por um leão. Seu trono era guardado por Atalanta e Hipomenes, dois mortais transformados em felinos por terem copulado no templo de Cibele. Sua carruagem era puxada por leões. Ela também participa da educação do jovem Dioniso.

Há ainda o Leão de Nemeia, que combate Héracles durante os Doze Trabalhos. O animal vivia na região de Nemeia, atual Peloponeso, e tinha uma pele impenetrável. Incapaz de feri-lo com as flechas que ganhara de Apolo, Héracles atinge o animal com seu bastão e o sufoca com as mãos. Após a morte da fera, Zeus a transforma na constelação de Leão.

DUAS IRMÃS PARA UM REI (DO NORTE)

Winterfell mal amanhece e Bran já está escalando as paredes, Robb e Jon estão pegando as espadas, e seus pais estão observando os dois com orgulho. Verdadeiros meninos do Norte. Arya e Sansa vão crescendo no meio desse balé masculino, e não sem dificuldades. De um lado, a aventureira que só pensa em montar num cavalo e ir à luta. Do outro, a adolescente que se destina ao futuro rico e mundano de uma princesa; prefiguração da vida de futura rainha dos Sete Reinos.

Caricaturas? As irmãs certamente o são. Mas elas representam sobretudo os reflexos opostos de um espelho que, ao longo de duas buscas pessoais intensas, vai se estilhaçando pouco a pouco. No momento do reencontro, a cumplicidade prevalece, já que as duas adultas partilham um passado pouco glorioso, ritmado por uma montanha de problemas. E bastante sangue, obviamente.

ANTÍGONA E ISMÊNIA, LADOS OPOSTOS
Histórias de irmãs são frequentes na mitologia. Antígona e Ismênia, em particular, também crescem num universo

essencialmente masculino. Elas acompanham até Colono o pai, Édipo, que havia furado os próprios olhos.[59] Voltando a Tebas, Antígona e Ismênia observam os dois irmãos brigarem até a morte pelo trono da cidade. O tio Creonte, tornado rei, ordena que Etéocles seja enterrado segundo as tradições,[60] assegurando-lhe uma passagem serena na morte. No entanto, ele rejeita Polinices, deixando o corpo do jovem servir de presa aos animais. Antígona desafia as determinações de seu tio para conseguir dar um enterro digno a seu segundo irmão. Ismênia, por sua vez, teme a fúria do rei e se recusa a ajudar a irmã. Em outros termos, uma preconiza a justiça divina, e a outra, a justiça humana.

Essa mesma oposição é transposta na relação entre Arya e Sansa desde a morte do filho do açougueiro Mycah, executado por Sandor Clegane. Fundamentalmente humanista, a mais jovem das irmãs permanece ao lado de uma justiça que a transcende e que se aproxima da justiça divina. Sansa, em contrapartida, permanece ao lado do rei, daquele que decide as leis aplicáveis no território. A separação das duas, com a morte de Ned, marca o início de duas epopeias sangrentas, responsáveis por levar cada uma delas a conceber a justiça de uma forma: os bons de um lado, os ruins de outro; alguns merecendo a morte, outros podendo ser poupados.

OS HOMENS SEM ROSTO

As aventuras de Arya a levam à sociedade dos Homens Sem Rosto, em Braavos. Ela recebe ali, durante muitos meses, os

---

[59]. Sófocles, *Édipo Rei*. Rio de Janeiro: Zahar, 2018.
[60]. Id. *Antígona*, op. cit.

ensinamentos da seita. A cena de combate com a menina abandonada, na série, marca a conclusão de sua formação e um momento-chave em sua construção identitária: ela se torna uma mulher madura.

A sociedade serve ao Deus de Muitas Faces. Longe de ser uma religião desconectada do resto do território, ela reúne, na realidade, certos preceitos e crenças associados aos deuses antigos e à Fé dos Sete. Seus seguidores, padres e discípulos, acreditam serem incumbidos de tomar a vida de determinadas pessoas, designadas pela divindade.

Seria difícil, em razão dessa representação, não ver uma referência a Janus, deus romano com dois rostos, – um observando o passado, outro, o futuro[61]–, símbolo da escolha. Antes de ser transformado em potência divina, Janus era um homem que reinava na colina do Janículo, onde havia fundado uma cidade. Lá, ele acolhe Saturno (Cronos), pai de Júpiter (Zeus), quando o rei do panteão romano o expulsa da Grécia. Humanista, Janus inventa os barcos e a moeda. Ele teria civilizado os aborígenes do Lácio, trazendo-lhes leis e consciência política.

Mas qual é o sentido das transformações quase mágicas dos Homens Sem Rosto? Esse tipo de poder nasce de uma fascinação ancestral dos homens pelas metamorfoses. Mais uma vez, a mitologia greco-romana não é nem um pouco avara sobre o assunto. Todos os deuses tinham a capacidade de mudar de forma tanto quanto desejassem.[62] Zeus, em

---

[61]. Existem diversas referências sobre Janus, deus fundamental da religião romana. A referência aqui são os *Fastos*, de Ovídio (Rio de Janeiro: Autêntica, 2015).

[62]. Sobre isso, ver Ovídio, *Metamorfoses*, op. cit.

especial, usa essa faculdade inúmeras vezes para seduzir suas amantes. Ele se transforma em águia, serpente, touro, cisne e até mesmo em nuvem e chuva de ouro. Ele toma, também, traços dos outros deuses; transforma-se, por exemplo, em Ártemis, para se aproximar de Calisto e com ela se deitar.

Se, por um lado, eles interferem em suas formas para chegar a um objetivo, os deuses nunca o fazem com o intuito de matar – contrariamente aos Homens Sem Rosto. Na pior das hipóteses, eles transformam os homens para puni-los, como no caso de Licaonte, tornado lobo.

Na Idade Média, esse tipo de transformação continua a fascinar os homens. Pode-se pensar em Bisclavret, por exemplo, que se transforma em lobisomem três vezes por semana,[63] e até mesmo em Muldumarec, que se transforma em pássaro para se unir à sua amada.[64] É claro que o imaginário medieval foi bastante influenciado pelas *Metamorfoses* de Ovídio.[65] O exemplo mais notável é Merlin, o qual, como Zeus, consegue modificar suas características corporais o quanto quiser. Ele se transforma, por exemplo, em homem selvagem, em criança e em cervo.

---

[63]. Marie de France, *Lais*, org. Philippe Walter. Paris: Gallimard, 2000.
[64]. Ibid.
[65]. Ovídio, op. cit.

A ODISSEIA DE ARYA

Quem nunca sonhou em mudar de rosto? Para chegar a esse ponto, no entanto, Arya tem de perder sua identidade, esquecer-se de si mesma, tornar-se *ninguém*. Essa astúcia simbólica é uma referência direta à *Odisseia* e à cena que marca fundamentalmente a origem do longo périplo de Ulisses.[66]

O barco do herói aporta no país dos ciclopes. Com outros doze homens, Ulisses adentra uma caverna repleta de comida e começa a devorar as provisões. Tratava-se, na verdade, do antro de Polifemo, filho de Poseidon. O ciclope então os tranca lá dentro e devora vivos dois companheiros do rei de Ítaca.

Mas Ulisses encontra uma estratégia para escapar: ele dá a seu captor uma barrica de vinho, deixando-o completamente bêbado. Antes de cair em sono profundo, o ciclope pergunta o nome do herói: "Ninguém", diz ele.

Os homens aproveitam o sono do gigante para furar seu único olho com a ajuda de uma estaca e, em seguida, vão para debaixo das ovelhas de Polifemo e esperam que ele acorde.

No momento do pastoreio, Ulisses e seus companheiros conseguem fugir sem que o ciclope desconfie e, quando lhe perguntavam quem havia furado seu olho, ele só sabia responder: "Ninguém".

Mas a violência de Ulisses desperta a cólera de Poseidon. Para vingar seu filho e atrapalhar a viagem do herói, o deus dos mares provoca uma grande quantidade de tempestades: o longo périplo não estava nem próximo de chegar ao fim.

---

[66]. Homero, *Odisseia*, op. cit.

Jaqen H'ghar não é Ulisses. Nem Arya, aliás. Mas o que eles encarnam é fascinante. E todo o processo de aprendizagem da jovem Stark consiste numa busca sofrida, ritmada pela morte. A partir daí, Arya pode encarnar inteiramente outra pessoa; ela passa a dominar perfeitamente as armas e não tem mais nem um pingo de medo. Assim, o assassinato dos Frey é um episódio majestoso, que marca tanto a completude de sua formação guerreira como o retorno esperado à sua busca pessoal. Depois, Arya volta à sua Casa e se alia a Sansa.

SANSA, A NOVA HELENA

Com seu cabelo ruivo perfeitamente penteado e seus vestidos cuidadosamente passados, Sansa foi criada para se tornar uma princesa. Sua história teria sido um verdadeiro conto de fadas, não fossem Joffrey, Cersei, Lysa, Ramsay e, principalmente, Mindinho. Ela traz consigo a herança medieval da esposa de um senhor: berço nobre, boa educação e confirmação de um casamento próximo; arranjado, é verdade, mas glorioso e, por isso mesmo, satisfatório. No começo da saga, sua ingenuidade é ao mesmo tempo tocante e exasperante. Depois, o caminho de volta para Winterfell é semeado de emboscadas e marca uma lenta construção de identidade até a legitimação de sua posição final: Senhora de Winterfell, como havia sido sua mãe.

Sansa está inscrita numa tradição fantasiada de princesas – *beldades* que, desde o século XVI, estão na origem da construção de uma figura como a de Cinderela. Contudo, tal tradição remonta a muito antes. Sansa é a encarnação de Helena, cujo rapto deu início à Guerra de Troia.

Helena era a mulher mais bela do mundo. Ela nasce da união de Zeus com uma mortal.[67] O deus se apaixona por Leda, esposa do rei de Esparta. Para seduzi-la, ele se transforma num cisne, que a jovem toma nos braços e coloca sobre a barriga. Ali, Zeus acasala com ela. Leda gera dois ovos, de cada um deles saem duas crianças: de um lado Helena e Pólux, vindos de Zeus; de outro, Castor e Clitemnestra, vindos de Tíndaro [marido de Leda]. Castor e Pólux são gêmeos míticos, conhecidos na Grécia como Dióscuros. Clitemnestra, por sua vez, desposa Agamemnon, um dos principais personagens da Guerra de Troia, e dá à luz quatro crianças, entre as quais Ifigênia e Electra.

Ao contrário da irmã, Helena teve uma juventude complicada. Aos 12 anos, foi raptada por Teseu, cuja esposa, Fedra, acabara de cometer suicídio. Ele se casou com ela e, em seguida, partiu em direção aos infernos. Seus irmãos, os Dióscuros, a libertaram. Tíndaro passou então a desejar que ela tivesse um novo esposo. Ele reuniu diversos pretendentes e, para evitar eventuais conflitos, os fez prometer que pegariam em armas se algum dia a jovem fosse desrespeitada. O escolhido foi Menelau, rei de Esparta.

Assim, os dois viviam tranquilamente e tiveram uma filha, Hermione. Mas, enquanto isso, algo se passava no Olimpo.

---

[67]. A história do nascimento de Helena e de sua vida é citada, por exemplo, na *Biblioteca*, de Apolodoro. A Guerra de Troia é contada com precisão na *Ilíada*, de Homero.

Duas irmãs para um rei (do Norte)

O casamento da deusa Tétis com o mortal Peleu estava sendo celebrado com um grande banquete. Todos os deuses haviam sido convidados para a festa. Todos menos uma: Éris, deusa da discórdia, que chega de intrusa ao jantar, enraivecida por ter sido deixada de lado. Para se vingar, joga uma maçã de ouro no meio da mesa, com um bilhete: "Para a mais bela". Hera, Atena e Afrodite reclamam, cada uma, a fruta para si. Mas ninguém parece capaz de parti-la. O jovem mortal Páris é então encurralado por Zeus: de quem, segundo ele, seria a maior beleza? O troiano oferece a maçã a Afrodite. Encantada, ela lhe promete a mais bela mulher do mundo.

Pouco tempo depois, Páris encontra Helena e se apaixona perdidamente por ela. Afrodite prometera. Assim, ele rapta a princesa, gerando uma profunda comoção em toda a Grécia. Como consequência, os aqueus (gregos), comandados por Menelau e Agamemnon, invadem Troia pela costa asiática.

Páris morre durante a guerra. Já Helena casa-se com Dêifobo, filho de Príamo. Quando ela finalmente retorna à Grécia, seu reencontro com Menelau é complicado; Helena explica que foi forçada a se casar e que isso havia ajudado os aqueus a saírem vitoriosos do conflito. Assim, seu marido a perdoa e eles vivem felizes em Esparta.

Muitos anos depois, quando Menelau morre, Helena é banida da cidade e se exila em Rodes, onde a rainha Polixo a mata afogada. Fim da história.

A difícil história de Helena, que se viu raptada e forçada a se casar, se relaciona à de Sansa. O casamento da Stark com Ramsay, na série, marca uma reviravolta profunda em sua concepção de mundo. A violência e a perversão de seu esposo lembram as de Joffrey, com uma pequena diferença: se, por um lado, o jovem rei se deixava impressionar pelas figuras de autoridade (Cersei, Tywin, Tyrion), por outro, Ramsay se realiza inteiramente no jogo da tortura e é suficientemente narcisista para se considerar superior àqueles mais fortes do que ele.

Os estupros sofridos por Sansa colocam a pergunta: seria esse ato mais admissível num universo de realeza medieval, no qual a mulher se casa à força e cujo objetivo primeiro é procriar? É claro que não. Essa violência sexual é uma das bases da mitologia greco-romana. Nela, mulheres foram violentadas por deuses e homens, sem nenhuma justiça. As *Metamorfoses* de Ovídio,[68] inspiradas e adaptadas a partir dos mitos gregos, são repletas de narrativas de violência sexual, que evidenciam a dominação da ideologia masculina.

Para ficar com apenas dois exemplos que sofrem as consequências disso, poderíamos pensar em Procne e Filomela,[69] filhas do rei de Atenas, Pandião. Ele casa a primeira com Tereu, que governava a Trácia e com quem a moça viria a ter um filho, Ítis. Os recém-casados e o filho vivem longe de Filomela. Com o passar dos anos, Procne confessa a seu marido que sente falta da irmã e que ficaria muito feliz em revê-la. O rei vai então a Atenas procurar a jovem e se encanta imediatamente por seu charme. De volta à Trácia, Tereu estupra Filomela, corta a língua da moça, para que

---

[68]. Ovídio, op. cit.
[69]. Apolodoro, op. cit.

Duas irmãs para um rei (do Norte)

ela não conte o que lhe havia acontecido, e, para completar, prende-a sob vigilância num estábulo. Depois disso, ele conta a Procne que sua irmã não havia resistido à viagem.

Filomela tece então uma grande tela para contar sua história e faz com que o trabalho chegue à irmã. Entendendo imediatamente o que havia se passado, Procne mata o próprio filho, Ítis, corta-o em pedaços, serve de jantar ao rei da Trácia e, em seguida, vai atrás de Filomela. Tereu fica enraivecido. Ele passa a perseguir as duas mulheres, que, após pedirem ajuda aos deuses, são transformadas em rouxinol e andorinha. Tereu, por sua vez, é transformado em poupa, não podendo nunca mais alcançá-las.

A Batalha dos Bastardos é uma resposta a essa violência; Jon e Ramsay se enfrentam para legitimar o pertencimento da cidade – Winterfell – a suas respectivas Casas, ao passo que Sansa se afirma como símbolo de poder. Na realidade, ter Sansa era ter Winterfell. Mas a princesa abandona essa posição: deixa de ser Helena e guerreia com (quase) as mesmas armas que os homens. O pacto selado em segredo com sua irmã Arya, no momento da execução de Mindinho, possui um sentido muito particular na vida das duas jovens mulheres. Trata-se da reconciliação entre Antígona e Ismênia, que não só passam a enterrar seus mortos como também a enfrentar Creonte. E, com isso, as duas se posicionam ao lado de um dos personagens mais importantes da série: Jon Snow.

VOCÊ SABIA?
Um rosto pode esconder outro

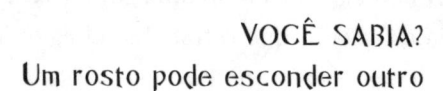

Misteriosa e fantasiada, a Casa do Preto e Branco deixa o espectador sem fôlego. Dedicado ao Deus de Muitas Faces, esse templo de Braavos reúne os rostos das mulheres e dos homens mortos pelos Homens Sem Rosto. Eles decoram as alcovas de uma peça que aparenta não ter fim. Também é possível encontrar ali outras pessoas: os rostos dos produtores David Benioff e D. B. Weiss estão pregados na parede. E mais: em dado momento, Arya para na frente da máscara de uma senhora e a observa detidamente. A máscara não pertence a ninguém mais ninguém menos do que a mãe do próprio Barrie Gower, responsável pelas próteses utilizadas nas gravações!

BRAN, O BENDITO – E OUTRAS HISTÓRIAS DE CORVO

Há uma legião de personagens místicos em *Game of Thrones*. De Essos a Westeros, esbarramos com bruxos e feiticeiros, profetas com o poder de ressurreição, troca-peles (*warg*) e outros capazes de trocar de rosto. E há Bran, cujo poder parece ultrapassar o de todos esses. Sua magia se desenvolve progressivamente, impõe-se e o leva a seguir um desígnio do qual ele parece não poder escapar.

O menininho rebelde, curioso e intrépido vai pouco a pouco se tornando um ser sombrio, estranho, maravilhoso, a ponto de adotar uma postura ao mesmo tempo perturbada e majestosa – o corvo de três olhos. Essa busca de muitos anos parece conduzi-lo à batalha final contra os Caminhantes Brancos, na qual o jovem desempenharia um papel explicitamente central.

BRAN, O GAULÊS

Na cultura celta, e sobretudo em gaulês, Bran significa "corvo". A imagem do corvo, para esses mesmos povos, é uma alegoria do guerreiro. Essa é exatamente a ideia da lenda de

Bran, o Bendito, inscrita na história mítica da Grã-Bretanha.[70] Trata-se de um gigante, soberano de Harlech, no País de Gales. De acordo com algumas versões, o personagem era um mágico dotado de poderes de adivinhação.

Para assegurar a paz com o povo irlandês, ele aceita dar a mão de sua irmã Branwen a Matholwch, rei de Iwerddon (Irlanda). Mas Efnisien, seu irmão maléfico, fica furioso por não ter sido consultado a respeito do acordo matrimonial e, por isso, decide matar todos os cavalos dos irlandeses, forçando Bran a ajudar seus novos amigos. Tudo parece resolvido; o jovem casal vai para a Irlanda e tem um filho, Gwern. Mas o povo irlandês não esquecera a afronta que lhes haviam feito os gauleses. Branwen é difamada e o rei, pouco compassivo, termina por repudiá-la, enviando-a para trabalhar na cozinha.

Bran descobre a triste história de sua irmã alguns anos mais tarde. Ele ataca o rei da Irlanda para defender sua família, e uma grande batalha tem início entre os dois povos. Nela, o gigante é ferido por uma flecha envenenada e, por isso, ordena que cortem sua cabeça e a espetem na colina branca, onde ele poderia proteger a Bretanha. Nos oitenta e sete anos que se seguem, a cabeça continua a conversar com os sobreviventes.

Essa lenda foi uma forte inspiração para o personagem do jovem Stark. Embora não pegue em armas para defender seu reino, é ele quem o protege; seu olho afiado zela pelos

---

[70]. *Les quatre branches du* Mabinogi *et autres contes gallois du Moyen Âge*, trad. Pierre-Yves Lambert. Paris: Gallimard, 1993.

que lhe são próximos. Em última análise, Bran desenvolve seus dons de adivinhação no coração da floresta, local onde ele próprio se torna corvo.

O PÁSSARO DE PLUMAS NEGRAS

Se hoje o corvo carrega uma imagem pejorativa, ligada à morte, esse nem sempre foi o caso. Os gregos, por exemplo, fizeram dele um aliado de Apolo.

Conta a história que o deus se apaixona por uma mortal, a princesa Corônis,[71] e encarrega um corvo branco de zelar por ela. Quando descobre que a moça havia sido seduzida por outro, Apolo a mata com uma flecha, tendo ela apenas tempo de dar à luz Esculápio. Após essa triste história, os corvos passam a ter apenas plumas negras.

Na cultura celta, o animal está associado ao campo de batalha e à guerra. Foram provavelmente as lendas desses povos que inspiraram o olhar negativo que nossos contemporâneos dirigem a esse *pássaro de mau agouro*.

Para entender isso, é preciso voltar à história de Cú Chulainn,[72] um dos heróis mais importantes da mitologia celta. Ele batalha inúmeras vezes, como exemplifica o episódio ligado ao ataque de Cúailnge. Trata-se de um grande conflito entre Connacht e Ulster, duas províncias irlandesas. Cú Chulainn possuía uma força extraordinária, que a

---

[71]. Ovídio, op. cit.
[72]. *La rafle des vaches de Cooley. Récit celtique irlandais*, trad. Alain Deniel. Paris: L'Harmattan, 1997.

rainha Medb não conseguia vencer: ela havia até mesmo chegado a lançar no clã inimigo um feitiço de fraqueza, mas o guerreiro continuava a lutar vigorosamente.

Medb consegue, então, fazer com que Cú Chulainn coma uma carne enfeitiçada, que tem o poder de enfraquecer qualquer um que dela se alimente. No combate seguinte, ele é gravemente ferido e acaba morrendo. Um corvo pousa sobre seu cadáver. Era justamente a deusa da morte, Morrigan.

Embora os antigos, de maneira geral, tenham visto o pássaro de plumas negras com fascínio, são principalmente os vikings que se utilizam dele como símbolo, tornando-o um importante tema de mitologia. Assim, dois corvos, Hugin ("pensamento") e Munin ("memória"), viviam a serviço de Odin, rei de Asgard.[73] Todas as manhãs, os pássaros voavam para observar o que estava acontecendo nos Nove Mundos da Yggdrasil (a Árvore do Mundo). Então eles retornavam, à noite, para contar, na orelha do mestre, o que haviam visto. A partir disso, os corvos se tornaram uma das marcas identitárias do deus, geralmente representado com seus dois pássaros aninhados um em cada ombro.

O CORVO DE TRÊS OLHOS
Hugin e Munin são a alegoria do sábio, pois reúnem, em conjunto, a reflexão e a lembrança. Bran, por sua vez, ultrapassa essa representação. Ele é um vidente verde; vê o presente, o

---

[73]. Lee M. Hollander, op. cit.

passado e percebe o futuro. Além disso, pode oscilar entre um espaço-tempo e outro, tendo influência sobre o que já aconteceu – tal é o sentido da cena em que Hodor perde a vida.

Por trás de Bran, há seu predecessor, Brynden Rivers, o velho homem empoleirado na árvore. Rivers observa e protege tanto o mundo dos homens quanto os Filhos da Floresta. É uma espécie de Odin que, do alto de seu trono em Asgard, vigia tudo a seu redor. Para isso, ele utiliza seu terceiro olho. Uma vez mais, a referência ao deus nórdico é clara: Odin entrega um de seus dois olhos ao gigante Mímir em troca de um gole do Mímisbrunnr, uma fonte mágica.[74] Assim, ele tem acesso à sabedoria escondida do mundo; simbolicamente, o único olho que lhe resta é capaz de ver tudo.

A lenda do terceiro olho pode ser encontrada em diversas civilizações, principalmente nas mitologias asiáticas. Mahakala, por exemplo, é uma divindade tibetana, protetora das leis. Seus olhos eram símbolo da compreensão do mundo, seu passado e seu futuro.

Na Grécia, algumas criaturas tinham múltiplos olhos, a exemplo do gigante Argos Panoptes, que tinha uma centena deles.[75] Ele podia ver tudo e estava sempre vigilante: quando dormia, cinquenta de seus olhos se fechavam e os outros cinquenta permaneciam abertos, à espreita.

Sua história está ligada à de Io, uma jovem com a qual Zeus havia copulado. Para escondê-la dos olhos de Hera, ele

---

[74]. Ibid.

[75]. Argos é assunto de diversos mitos. Pode-se pensar, por exemplo, na *Biblioteca* de Apolodoro, e nas *Metamorfoses* de Ovídio.

a transforma em bezerra. Mas a esposa do rei do Olimpo exige o animal e faz Argos guardá-lo para impedir que o deus se aproxime dele. Porém, Zeus precisava fazer algo: ele incumbe Hermes de matar o gigante. O mensageiro então conta a Argos uma história tão tediosa que o faz cair no sono e aproveita para lhe cortar a cabeça. Para homenageá-lo, Hera pega os cem olhos do guardião e os coloca no pavão. A partir desse dia, a roupa do animal passa a ter uma bela decoração.

Mas a potência de Bran não está limitada à de médium, vidente ou divino. Ela vai muito além disso. Como seus irmãos e irmãs, ele pode comunicar-se com seu lobo, e mais: Bran é um *warg*, isto é, um troca-peles. Esse poder não deixa de lembrar o das metamorfoses, tal como na história de Arya. Ele era muito apreciado na mitologia greco-romana; tanto que alguns heróis nascem como resultado de uma cena de transformação. É o caso de Héracles.

Zeus se apaixona por Alcmena,[76] filha do rei de Micenas e esposa de Anfitrião. O deus aproveita um momento em que o esposo se ausenta, toma a forma dele e pede a Hélio que impeça o sol de nascer por três dias, com o intuito de fazer o enlace durar. Na mesma noite, Anfitrião volta da guerra e também dorme com a moça. Ela dá à luz Íficles, filho de Anfitrião, e Héracles, filho de Zeus e futuro herói dos Doze Trabalhos.

Para desenvolver seu poder, Bran engole uma pasta de sementes de represeiro, a famosa árvore de tronco esculpido

---

[76]. Pseudo-Hesíodo, *Le Bouclier d'Héraclès*, trad. Ernest Falconnet, 1838.

em rosto humano. O ingrediente não deixa de lembrar a ambrosia, consumida pelos deuses do Olimpo – uma espécie de mel que tornava imortal quem o engolisse. A substância era servida em bebida, comida, unguentos. Foi provavelmente essa a fantasia que alimentou o imaginário em torno da fonte da juventude.

É frequente na mitologia que os personagens ingiram comida mágica para desenvolver poderes ou modificar características físicas. O lótus, em Homero, provoca a amnésia; ele é consumido pelos lotófagos que Ulisses encontra em seu périplo. Nas mitologias nórdicas, as maçãs de Iduna, pertencentes à deusa Aesir, trazem juventude eterna. São esses frutos que fazem com que os deuses permaneçam vivos: quando eles sentem que estão envelhecendo, mordem uma maçã e rejuvenescem de imediato.

DE VOLTA ÀS ORIGENS

Bran não é nem bruxo nem combatente. Sua busca é a de um menino atingido pelo próprio destino. Ele se apresenta como uma resposta possível para o combate contra os Caminhantes Brancos, sendo igualmente um contraponto a Bran, o Construtor, fundador da lendária Casa Stark. Como tal, o filho de Ned faz parte das grandes figuras dessa nova época de heróis que lembra a história original das *Crônicas de gelo e fogo*: a batalha contra os Outros, o pacto com os Filhos da Floresta e a presença de figuras heroicas, Jon e Daenerys. E se fosse Bran a chave da história?

VOCÊ SABIA?
Quem é o corvo de três olhos?

Brynden Rivers faz sua primeira aparição na quarta temporada de *Game of Thrones*. Naquele momento, ele é um homem de 77 anos, prisioneiro de uma árvore. Bran se torna discípulo de Rivers até este último passar o posto. Mas, antes de se tornar o corvo de três olhos, esse personagem leva uma vida particularmente interessante, que não é contada na série. É a obra original de George R. R. Martin que nos dá as fichas para melhor entender sua história.

Rivers é um dos bastardos do rei Aegon IV, o que faz dele o irmão do bisavô de Daenerys. Do lado de sua mãe, ele pertence aos Blackwood, uma antiga Casa do Norte. Ele foi combatente pelos Targaryen sob o nome de "Corvo de Sangue", espião, Mão do Rei sob Aerys I e Maekar I, além de Senhor Comandante da Patrulha da Noite. Rivers era também ligado à magia e tinha poderes de troca-peles.

Certo dia, ele desaparece do outro lado da Muralha. É aí que ele se torna o corvo, último vidente verde do mundo, antes da chegada de Bran. Ele se instala num trono de represeiro e consome sua pasta, confeccionada pelos Filhos da Floresta. A árvore passa então a brotar em torno dele.

JON, FILHO DOS DEUSES – OU QUASE

Bastardo, Irmão Juramentado, marido de uma selvagem, Senhor Comandante, Rei do Norte, rei legítimo do Trono de Ferro, criança Snow, Stark e Targaryen, tudo ao mesmo tempo... Jon acumula posições. Mas ele caminha muito para chegar até aí. Odiado por sua madrasta, ele não poderia nem sonhar com algum reconhecimento no seio dos Sete Reinos. Tenebroso, corajoso, fundamentalmente humanista, o menino comanda uma série de missões – algumas delas mortais! – que estimulam sua aura resolutamente heroica.

ATÉ QUE É LEGAL SER BASTARDO
Os filhos nascidos fora do casamento, portanto ilegítimos, *a priori* povoam a mitologia greco-romana e estão na origem de uma parte da genealogia divina. Os deuses caem de amores pelos mortais como moscas tontas. Zeus (Júpiter), em particular, trai Hera (Juno) com mulheres e homens inúmeras vezes. Das uniões com o sexo oposto nasce uma miríade de heróis, metade homens, metade deuses. E esses mesmos personagens fundam, segundo as crenças, a herança mítica

dos antigos. Roma, por exemplo, foi criada pelos filhos de Marte, o qual havia estuprado, em sonho, uma vestal.

O nascimento das cidades, na época clássica, marca mais do que nunca a necessidade de perpetuar as famílias: era preciso procriar para defender as fortificações da cidade. Aos olhos dos gregos, o guerreiro possui, assim, um valor fundamental. E a imagem do herói, potente, intrépido e (muitas vezes) vitorioso encontra nisso sua justificativa. Para os antigos, os bastardos não eram considerados tão negativos como passaram a ser a partir da época medieval, na qual o adultério e a fornicação iam na contramão das regras da Igreja. Mas, ainda assim, o casamento possuía um sentido muito importante para nossos ancestrais, pois permitia tecer uniões com outras famílias com o objetivo de aumentar renome e adquirir riquezas.

Os bastardos dos deuses estão situados no entrecruzamento dessas crenças: não são legítimos por direito, mas possuem uma genética que os legitima. Assim, Dioniso, filho de Zeus e da mortal Sêmele, passa sua vida provando para os homens (especialmente para sua família tebana) sua posição de deus, capaz das piores atrocidades.

Jon, filho dos deuses? Do ponto de vista simbólico, completamente. O personagem, com sua retidão, seu percurso guerreiro e vitorioso, remete a alguns heróis famosos: Perseu, filho de Dânae e Zeus sob a forma de chuva de ouro, ou, ainda, Teseu, nascido de Etra e Poseidon misturado com Egeu. Há, por exemplo, os Dióscuros (ou seja, "jovens meninos de Zeus"), que teriam inspirado a versão romana de Remo e Rômulo.

Eles eram filhos de Leda, que foi seduzida pelo rei do Olimpo metamorfoseado em cisne, e nascem em dois ovos diferentes: o primeiro contendo Helena e Pólux, filhos de Zeus e, portanto, semideuses; o segundo contendo Clitemnestra e Castor, nascidos de Tíndaro, portanto simples mortais.[77]

Os Dióscuros foram célebres entre os gregos por serem valorosos guerreiros: por ação do destino, os garotos representam o ideal do jovem cidadão pronto a pegar em armas para defender sua comunidade. Com outros heróis, eles combatem o sangrento Cálidon, animal gigantesco que aterrorizava a região, e, em seguida, salvam a irmã do jugo de Teseu, que a havia raptado para desposá-la. Eles participam, além disso, da expedição dos Argonautas para recuperar o velocino de ouro.

Castor encontra a morte numa grande batalha que os gêmeos travam contra seus primos Afareidos. Pólux pede então a Zeus que compartilhe a própria imortalidade com seu irmão. Com isso, cada um acaba vivendo seis meses na terra e seis meses nos infernos.[78] No fim, eles são enviados ao céu e tornam-se a constelação de Gêmeos.

O NOVO HÉRACLES

Na Antiguidade, a imagem do herói cobria uma grande quantidade de tipos de personagens. Eles poderiam ser descendentes diretos ou indiretos de um deus, mas também uma figura de saga gloriosa, passível de ser divinizada no

---

[77]. Apolodoro, op. cit.
[78]. Homero, *Odisseia*, op. cit.

momento da morte. Em suma, eram homens extraordinários, no sentido estrito do termo. O ideal cavalheiresco medieval também se aproxima disso – sem, no entanto, possuir as mesmas características.

Jon indo de batalha em batalha com grande retidão e um sangue frio impecável; Jon voltando do mundo dos mortos... São etapas que nos fazem lembrar a vida de Héracles, filho de Zeus.[79]

O destino do herói está diretamente ligado a seu nascimento ilegítimo. Perseguido pela cólera de Hera, que via Zeus ocupar a cama de diversos(as) mortais por aí, Alcides[80] combate, sem armas, duas serpentes enviadas pela furiosa deusa quando ele ainda não passava de uma criança. Mas a raiva da olimpiana não chega ao fim; quando o jovem atinge a idade adulta, ela lhe sopra a loucura, que o faz, completamente enfeitiçado, matar sua mulher, Mégara, e seus filhos. Alcides se dirige então a Delfos para consultar Pítia a fim de descobrir como poderia expiar seus erros: mudar de nome, responde ela, passar a ser chamado *Héracles*, isto é, "glória a Hera". Pítia o condena também a se colocar sob as ordens de seu inimigo, Euristeu, e obedecer a todos os seus comandos. Foi assim que os Doze Trabalhos tiveram início.

Héracles combate diversas criaturas: a Hidra de Lerna, o Leão de Nemeia, o Javali de Erimanto e muitas outras.

---

[79]. Sendo um dos heróis fundamentais da mitologia greco-romana, Héracles/Hércules marca presença em diversos mitos. Ele é encontrado, por exemplo, no *Escudo de Héracles*, de Pseudo-Hesíodo, mas também na *Loucura de Héracles*, de Eurípedes, assim como na *Biblioteca* de Apolodoro, entre outros.

[80]. Como Héracles se chamava.

Jon, filho dos deuses – ou quase

Ele também tem de descer aos infernos para capturar o cão Cérbero, de três cabeças, que guardava o reino de Hades.

Após múltiplos grandes feitos, Héracles é vítima de um envenenamento; ele pede então a seu filho Hilo que encurte seu sofrimento e o jogue numa fogueira. No momento de sua morte, Zeus o traz ao Olimpo, onde o herói se reconcilia com Hera.

A existência de Héracles está ligada a uma série de mitos fundadores. Recém-nascido, ele foi raptado por Hermes e colocado no leito de Hera, enquanto ela dormia. Ele mama no seio da esposa de Zeus, fonte de imortalidade. Hera acorda horrorizada e o rejeita. O leite esguicha nos ares e forma a Via Láctea.

Essa figura é retomada por várias civilizações, que viram nela o arquétipo perfeito do guerreiro: Hércules para os romanos, Hercle para os etruscos, ou, ainda, Kakasbos, na Ásia Menor.

O NOVO REI ARTUR

Jon lembra um personagem das tradições celtas, também concebido fora do casamento. Esse personagem é o valoroso rei Artur.[81] Seu pai, Uther Pendragon, se apaixona loucamente pela duquesa Igraine da Cornualha e lhe dá joias,

---

[81]. Muita tinta foi gasta para falar sobre o rei Artur. Teria ele realmente existido? Não seria ele apenas uma fantasia? Os adoradores do personagem encontram muitas fontes a serem exploradas. Um exemplo disso são os *Romans de la Table ronde* [Romances da távola redonda], de Jacques Boulenger.

com a intenção de seduzi-la. Já casada, a jovem logo compreende o desejo do rei e recusa de imediato seus presentes. Uther arma então uma estratégia: ele pede a Merlin que lhe confira os traços do duque para poder, dessa forma, se aproximar da moça. O mago aceita, mas na condição de que o filho que nascesse dessa união lhe fosse confiado. E assim foi. Enquanto Uther e Igraine faziam amor – sem que ela de nada desconfiasse –, o verdadeiro duque é morto em combate. O rei desposa então a jovem, que dá à luz Artur.

Merlin confia a criança ao cavaleiro Antor e sua esposa, sem dizer-lhes quem ele era. O casal o educa e o ensina a duelar. Aos 15 anos, Artur se dirige à corte para ajudar seu irmão adotivo Keu num grande duelo pela sucessão de Uther. Problema: ele acaba esquecendo a espada do irmão! Como louco, Artur tenta dar um jeito de resolver a situação, até que encontra uma espada presa numa bigorna. Sem hesitar, ele a retira de lá e a entrega a seu irmão. Encantado, Keu exibe o achado a Antor: tinha tirado a espada, seria coroado rei! Mas ante a suspeita de seu pai, ele confessa a verdade.

Com o apoio de Merlin e Antor, Artur logo consegue subir ao trono. Ele trava, como Héracles, doze grandes batalhas, entre as quais a luta contra os saxões.

UM PROBLEMA EDIPIANO

E Jon/Aegon no meio dessa história? Guerreiro destemido, ele enfrenta os Caminhantes Brancos com algum sucesso – e evita ser morto no processo. Ele esmaga os Bolton (com alguma ajuda, é verdade); faz prova de coragem a cada situação, sendo sempre o primeiro a colocar o pé no campo de batalha. Ele une os povos sem exigir reconhecimento algum por isso. Por fim, Jon volta dos mortos, meio por magia, meio por acaso.

Do ponto de vista da família, Jon é apresentado como filho ilegítimo de Ned e, como tal, assume o fardo. Um bom tempo depois, descobre-se que ele é filho de Lyanna, e isso questiona a realidade de sua condição de bastardo. No final, Bran confirma que seu pai é Rhaegar Targaryen e que, ao contrário da história oficial, o irmão mais velho de Daenerys não teria raptado Lyanna, e sim casado com ela por amor, em segredo – o que faria de nosso pequeno herói não mais um bastardo deixado de lado, mas o rei mais legítimo ao Trono de Ferro.

No entanto, nada é tão simples quanto parece. Jon afirma que quer continuar virgem para não se arriscar a dormir com sua mãe, que ele não conhecia. Mas ele termina no leito de Daenerys... que é nada mais nada menos do que sua tia!

Esse incesto involuntário faz lembrar, é claro, o mito de Édipo,[82] filho de Jocasta e Laio, rei de Tebas.

Quando o encantador menino vem ao mundo, Pítia informa os pais de que seu filho mataria o pai e dormiria com a mãe. Assim, ambos o abandonam no monte Citerão, onde ele é acolhido por Pólibo, rei de Corinto, que o cria como se fosse seu. Ao chegar à idade adulta, Édipo vai até Pítia, que lhe entrega a mesma profecia feita a Jocasta e Laio.

---

[82]. Sobre Édipo, ver, por exemplo, *Édipo Rei* e *Édipo em Colono*, ambas de Sófocles, e *As fenícias*, de Eurípedes.

Convencido de que poderia matar seus pais adotivos, ele decide sair de Corinto e nunca mais voltar.

No caminho, cruza com um velho, que se recusa a lhe ceder passagem. Eles batalham e Édipo o mata. O homem era seu pai, Laio.

É nesse momento que o jovem encontra a Esfinge, às portas de Tebas. Ele resolve o enigma proposto pela criatura e se livra dela.[83] Como recompensa, Édipo recebe o trono de Tebas e a mão da rainha, cujo esposo havia desaparecido. A mulher era sua mãe, Jocasta. Com ela, Édipo tem quatro filhos, entre os quais Antígona.

Quando descobre sobre os crimes que cometeu, Édipo fura os próprios olhos e, então, parte para o exílio.

O REI ESTÁ MORTO! VIVA O REI!

Seria Jon o principal personagem da saga? Considerando seu percurso, seria tentador responder que sim. Sua ressurreição marca uma passagem da criança ao adulto. O milagre chega a questionar as enraizadas crenças de Melisandre. Os sacerdotes vermelhos acreditam que o lendário herói Azor Ahai, escolhido pelo próprio R'hllor, seria reencarnado no momento em que as trevas recobrissem o mundo, para destruir o mal e trazer de volta a luz. Stannis morre, Jon volta à vida. Em outras palavras, nem precisaria continuar procurando.

---

[83]. "Que animal, provido de uma única voz, possui quatro pernas pela manhã, duas pela tarde e três pela noite?": o homem. Ver em Apolodoro, op. cit.

Essa ressurreição envia outra mensagem, bem mais mística, a nós, espectadores. Ela remete ao renascimento de Jesus, é claro, mas também aos de Eli no Antigo Testamento. Indo ainda mais longe na simbologia, poderíamos dizer que Jon, o Messias, volta à Terra para salvar os homens. Ou mesmo que ele segue o destino lógico de qualquer santo de respeito.

O problema é que o jovem não é o único da lista. Sua ressurreição provoca uma clivagem no seio dos sacerdotes de R'hllor. De acordo com alguns deles, a reencarnação de Azor Ahai seria a Mãe dos Dragões...

UM POUCO DE HISTÓRIA
A Batalha dos Bastardos: um salto na história

Épico, guerreiro, sangrento... São inúmeros os epítetos para qualificar *Game of Thrones*. Dá para dizer que os *showrunners* da série fizeram das cenas de combate um cavalo de batalha. Uma das mais bem-sucedidas, a Batalha dos Bastardos, precisou de vinte e cinco dias para ser filmada. E o resultado saiu conforme o esperado: o espectador segue Jon no coração do conflito, escapando de levar uma espadada nas costas ou morrendo sufocado no meio da bagunça; suamos, sangramos, esgotamo-nos como verdadeiros soldados. Só o que falta para se acreditar são efeitos 3D. Mas os atores e a produção não são os únicos mestres a bordo.

A cena mítica que precede a majestosa destruição do Grande Septo de Baelor inspira-se em muitos eventos históricos que em nada deixam a desejar para a obra de George R. R. Martin.

A tática do cerco, operada por Ramsay, inspira-se na de Aníbal Barca durante a Batalha de Canas, entre Roma e Cartago, no século III a.C. Os guerreiros aplicam o princípio da falange macedônica: todos em filas apertadas, protegidas por escudos, para aniquilar os inimigos. Essa formação foi inventada durante o terceiro milênio a.C., na Mesopotâmia, e utilizada mais tarde, no curso das conquistas de Alexandre, o Grande.

Jon se salva do sufocamento sob o amontoado de corpos e consegue dar um jeito de sair dali ao se lançar para fora do fluxo de corpos cavando um túnel à mão. A imagem é forte. Foi diretamente inspirada na Guerra Civil Americana, sobretudo na batalha de Gettysburg, em 1863, que contou com 50 mil mortos em apenas três dias. Um verdadeiro banho de sangue.

DAENERYS: CINCO LIÇÕES PARA APRENDER A REINAR

Se há um personagem adorado pela maioria dos fãs, esse personagem é Daenerys. Compreensível. O percurso da jovem não foi dos mais fáceis: de aparência frágil, sem apoio, esmagada por seu irmão, depois estuprada, abandonada, viúva e em luto por seu recém-nascido, ela inspira tristeza, quando não piedade. E nos sentimos necessariamente tocados por essa figura que aparenta tamanha fragilidade.

Sua busca é múltipla. Ela deve, em primeiro lugar, se construir como adolescente e, para isso, conquistar sua independência em relação a Viserys. Em seguida, ela precisa provar a todos que é uma Targaryen legítima, um verdadeiro *dragão*, a verdadeira rainha dos Sete Reinos. Ela precisa unir os povos e encontrar um exército capaz de derrotar o dos Lannister e seus aliados. Por fim, a moça deve se consolidar como rainha e encontrar sua própria definição de sabedoria, de justiça, de retidão: decidir, em suma, como quer governar. É muita coisa para uma jovem sozinha, sem família e sem poder. Isso sem falar que, entre os habitantes de Essos e os dothrakis, ela não passa despercebida: seus cabelos prateados e sua pele pálida não permitem que Daenerys seja confundida com uma nativa da ilha. É claro que, como o fogo não tem efeito nenhum sobre ela, bronzear-se deve ser uma missão impossível! Mas vá explicar isso para um dothraki...

Daenerys encarna um arquétipo: o da criança desesperada que consegue conquistar o mundo. É caricatural, sem dúvida, mas ao mesmo tempo é extremamente bonito!

DAENERYS, A VALQUÍRIA

Vários adoradores de *Game of Thrones* comparam Daenerys à figura de Cleópatra. É verdade que, como a Mãe dos Dragões, a rainha do Egito foi a última descendente de sua dinastia, a dos Ptolomeus. Além disso, ambas desposam um homem de poder e arranjam um exército. Mas a comparação para por aí. É preciso procurar referências em outros lugares, e por que não na cultura germânica?

Com efeito, a Targaryen nos lembra uma figura menor – entretanto essencial – da mitologia nórdica: Crimilda (ou Hilda), irmã de Guntário, rei dos burgúndios.[84] Ela acaba se casando com Sigurdo, célebre herói alemão, e, para se vingar, constrói-se como mulher guerreira e vingadora.

Mas vamos por partes. Sigurdo foi um príncipe descendente de Odin. Grande combatente, ele realizou muitos feitos, entre os quais matar o dragão Fafnir. Pouco depois de fazê-lo, o herói devora o coração do animal e se banha com o sangue. Assim, seu corpo o torna imortal – exceto por uma parte, nas

---

84. *La Chanson des Nibelungen*: la plainte (Org. Danielle Buschinger. Paris: Gallimard, 2001), e Lee M. Hollander, op. cit.

costas, entre os ombros. Ele se apodera também do tesouro então zelado pelo dragão.

Sigurdo se apaixona por Crimilda, dita particularmente bela. O irmão da jovem, rei dos burgúndios, aceita o casamento apenas na condição de que o herói o ajude a desposar Brunilda, valquíria prometida ao próprio Sigurdo. A jovem prometida se sente traída e tenta se vingar: alguns anos mais tarde, ela envia seu vassalo Hagen para espetar Sigurdo entre os ombros. Assim, o herói morre, e seu tesouro desaparece.

A história poderia ter terminado assim se Crimilda não tivesse reagido. A morte de Sigurdo desperta nela uma sombria cólera. A jovem se casa então com Átila, rei dos hunos, de olho no grande exército que ela poderia arranjar para se vingar de Brunilda. A esposa de Átila organiza uma festa e convida os burgúndios, então seus inimigos. E assim começa o massacre: praticamente todos os burgúndios e hunos lá presentes são mortos, entre os quais Átila. Crimilda pergunta a Guntário e Hagen sobre o paradeiro do tesouro, mas termina por matar tanto um como o outro. No final, ela própria acaba sendo executada por não respeitar seus dois prisioneiros.

Exatamente como Daenerys, Crimilda é uma jovem princesa que, *a priori*, não está predestinada a portar armas. No entanto, ela logo se afirma como rainha e domina seu novo exército. Em certo sentido, a Mãe dos Dragões pode ser comparada a uma valquíria, figura guerreira da mitologia nórdica.

DAENERYS, A MICENIANA

As influências são múltiplas e muito anteriores à história de Crimilda e Sigurdo. A jovem Targaryen une as especificidades de um certo panteão olimpiano – o das deusas. Daenerys é bela como Afrodite, maligna como Ártemis, corajosa como Atena e perspicaz como Hera. Ela é, na mitologia grega, uma representação forte e positiva da figura feminina. Desse ponto de vista, pode ser comparada a Calipso, divindade menor da ilha de Ogígia, que acolhe Ulisses por vários anos. Ou Electra, irmã de Ifigênia.[85]

A jovem princesa de Micenas salva seu irmão Orestes da loucura assassina da própria mãe – Clitemnestra havia, com efeito, acabado de matar seu esposo, Agamemnon. Mais tarde, Electra o encontra diante do túmulo do pai e, juntos, eles armam uma vingança contra aquela que lhes dera a vida. Eles assassinam Clitemnestra e Egisto, que ocupavam o trono. Os irmãos são então acusados de parricídio. Orestes é perseguido pelas erínias e acaba enlouquecendo. Já Electra acaba salva por Apolo.

No final, ela consegue encontrá-lo no santuário dedicado a Ártemis, em Táurida, local onde sua irmã Ifigênia se tornara sacerdotisa. Eles voltam, os três, a Micenas, matam o novo ocupante do trono, rei ilegítimo, e governam.

DAENERYS, A MÃE ADOTIVA

O nascimento dos três dragõezinhos marca uma cena maior na saga. É também esse o momento em que Daenerys

---

[85]. Sófocles e Eurípides, *Electra(s)*. São Paulo: Ateliê, 2018.

desvela sua parte de magia; ela é invulnerável ao fogo, ao menos em princípio – nos livros, seus cabelos queimam –, e é capaz de fazer eclodir ovos que todos pensam estarem mortos há muito tempo.

Segundo as crenças de diversos povos ocidentais e orientais, o ovo carrega um forte símbolo: está na origem do mundo e define, assim, os panteões que governam os mundos. Para os gregos, o orfismo[86] representava uma completa contradição em relação às histórias míticas comumente aceitas.

Existia, originalmente, um ovo cósmico do qual sai o primeiro de todos os deuses, Eros. Hermafrodita, ele cria sozinho os outros deuses. Mais tarde, Zeus fulmina os titãs por terem devorado seu filho Dioniso. E é das cinzas deles que teriam nascido os homens... exatamente como os três dragões de Daenerys!

Assim, a jovem Targaryen se coloca na posição de mãe adotiva, capaz de fazer os ovos eclodirem, levando-os ao fogo. Ela é também protetora e professora, tal como uma divindade oriental que pode pedir-lhes ajuda com apenas uma palavra: *Dracarys*.

Seus laços com os três filhos vão ainda mais longe: tal como os Stark com seus respectivos lobos, ela é capaz de se comunicar mentalmente com os dragões em situações de crise. Ela não é troca-peles como Bran, mas seus poderes são comparáveis aos do jovem e justificam a existência de um poder superior.

---

[86]. Seita ou corrente de pensamento do século V a.C.

DAENERYS, A LEGISLADORA

A jovem utiliza seus dragões para assegurar seu poder. E, ainda que ela seja capaz de seduzir os povos apenas pela presença das criaturas, essa magia está longe de ser suficiente no longo prazo. Toda sua epopeia em Essos a retrata como emancipadora dos oprimidos. Ela menospreza as tradições que julga imorais e estabelece leis e princípios essenciais. É esse o sentido do assassinato dos senhores na Baía dos Escravos.

Daenerys nos remete sem dúvida a Licurgo, lendário legislador de Esparta que, acredita-se, viveu no século IX ou VIII a.C. Nenhum historiador pode, contudo, certificar a real existência desse personagem; o mais provável é que as legislações tenham sido estabelecidas com o passar do tempo e, em seguida, atribuídas a um só homem.

Não tendo conseguido subir ao trono de Esparta e, por isso, tendo se exilado na Grécia, ele cria, com a ajuda de Apolo, a Grande Retra.[87] Trata-se da mais antiga constituição conhecida na Grécia Antiga. Ela intervinha, por exemplo, na divisão da cidade e de seu governo, na legislação e na educação.

Essas regras são comparáveis às estabelecidas por Daenerys. Libertando os escravos, ela perturba a composição política das cidades da Baía dos Escravos: todos, sendo homens livres, passam a ter a possibilidade legal de reinar. Em outras palavras, ela cria para si um conselho a fim de obter ajuda na decisão das leis implícitas que ela própria estabelece – a pena

---

[87]. Edmond Lévy, *Sparte. Histoire politique et sociale jusqu'à la conquête romaine*. Paris: Seuil, 2003.

de morte, por exemplo. Mas seu poder é centralizado, distanciado de uma constituição propriamente dita, e a educação permanece um mistério.

DAENERYS, A MESSIAS?

Uma das chaves de leitura da personagem é evidentemente seu papel de "Quebradora de Correntes". Ela liberta os escravos da Baía dos Escravos, punindo os senhores, e promete liberdade a todos.

Ela leva isso ainda mais longe ao inverter os códigos dos dothrakis, obtendo, por isso, uma influência considerável na cultura e na evolução dessa civilização. Poderíamos ver nisso uma insurgência de grandes conquistas como as de Alexandre, o Grande, ou, de modo mais generalizado, uma forma de colonialismo reformista asiática que entraria em contradição total com a atitude abolicionista da jovem.

Ora, será que Daenerys é de fato humanista? É... e não é. Isso porque a moça procura servir os próprios interesses em primeiro lugar. A ajuda que ela acaba dando aos escravos no meio da jornada aparece apenas em segundo lugar como marca de sua identidade de rainha e justificativa de pretensão ao trono.

Essas libertações sucessivas têm outro sentido. George R. R. Martin recorre à palavra religiosa, com uma referência apoiada no Antigo Testamento: "A palavra vinda do Eterno foi dirigida a Jeremias, depois de o rei Zedequias ter feito um pacto com todo o povo de Jerusalém, para tornar pública a liberdade, a fim de que cada um tornasse livres seu escravo e sua serva, o hebreu e a mulher do hebreu, e de que ninguém mais mantivesse em servidão o judeu, seu irmão".

Essa imagem do messias remete a duas ressurreições paralelas: a fogueira de Daenerys e o despertar do mundo dos mortos por Jon. A união de ambos carrega um símbolo forte: a fusão entre gelo e fogo. Eles formam um duo ao mesmo tempo oposto e complementar, pois ambos viveram uma longa epopeia, ela numa terra de sol, ele num mundo de neve. Ambos reuniram, foram escolhidos e carregados por seus povos. Ambos são, em certo sentido, soberanos legítimos do Trono de Ferro.

A chave do enigma *Game of Thrones* se situa no coração dessa simbologia, desenvolvida num universo cíclico em que o tempo dos heróis dá espaço a uma guerra contra as forças do mal, na qual os Targaryen se afirmam como verdadeiros reformistas: Aegon *versus* Jon Snow ajudado por Daenerys, tal como seu ancestral Aegon, o Conquistador, trezentos anos antes. Eles são duas partes de uma mesma unidade, tais como Apolo e Ártemis ou, ainda, como os Dióscuros. São Jasão e Medeia, Tristão e Isolda, Heloísa e Abelardo... Essa união provém da transcendência e é a única capaz de trazer uma solução para o problema que, desde o início, embala *Game of Thrones*: quem reinará no Trono de Ferro?

A DOIS PASSOS
DO TRONO DE FERRO

No céu cintila um cometa vermelho que todos observam com admiração. Para os dothrakis, ele significa que um grande guerreiro morreu. A pessoas do Norte veem nele um sinal dos deuses antigos. Uns o chamam de "cometa do rei Joffrey", outros o associam ao Deus Afogado. Para os sacerdotes vermelhos, é evidente que se trata de um sinal do retorno messiânico de Azor Ahai. Conta-se também que o astro sinaliza pura e simplesmente o nascimento de um dragão, símbolo forte, que ultrapassa a compreensão e retraça uma cosmogonia pouco clara, mas encantadora, mágica.

A presença do cometa poderia ter uma explicação científica, racional, mas *Game of Thrones* não sugere nenhuma. George R. R. Martin prefere deixar pairar a dúvida; ele convida cada um de seus personagens a propor teorias retiradas de diversas crenças, assinando o tronco comum de religiões e seitas, mas sem jamais dar a resposta. E é aí que moram os motivos do sucesso da saga. Ao se utilizar de referências míticas e lendárias, assumindo diversas parábolas bíblicas, ele nos oferece a possibilidade de uma transcendência sem nos impor uma escolha por isso. Seria

Daenerys a messias? Ou Jon? Mas que messias? De qual religião? E para fazer o quê?

A saga se constrói em torno dessas duas figuras, esses novos heróis cuja essência é fundamentalmente mágica e que podem se comunicar com espécimes animais maravilhosos. E todos os outros personagens, sejam eles do Norte, sejam das ilhas do Oeste, sejam de Dorne ou de Essos, gravitam à volta deles para impulsioná-los a encontrar seu lugar, o de um casal da realeza, utópico.

Mas nada é tão simples assim. Seria o incesto aceitável por ser a única garantia do bem do reino?

A julgar por *Game of Thrones*, sim e não. Tudo depende do lugar de onde se vem e, principalmente, de qual dinastia, pois a civilização que o autor molda ao longo da saga é complexa, com leis e códigos sociais próprios. A inspiração nos mitos antigos apoia essa construção, redefinindo seus contornos. A saga desenha, dessa forma, o reflexo exagerado de nossa história, nossa moral e nossos costumes, bem como as narrativas da Antiguidade, que carregam um olhar moral sobre o cotidiano das civilizações ocidentais e orientais. Ela faz nascer um imaginário fecundo, feito de magia, dragões, lobos gigantescos e corvos misteriosos, um universo exuberante sobre o qual é implantada uma sociedade medieval realista, de que fazem parte dois heróis incontestáveis em quem todos podem se projetar. E o Trono de Ferro nisso tudo? Um simples pretexto para contar a história. Um que adoramos.

ÍNDICE REMISSIVO

Índice Remissivo

A

Aegon 11; 12; 58; 69; 172; 178; 191
Amazonas 64; 65
Antígona e Ismênia 7; 62; 154; 155; 163
Apemosine 139
Apolo 5; 20; 29; 34; 39; 46; 72; 133; 153; 167; 187; 189; 191
Aquiles 34; 62; 72; 73; 74; 106
Ártemis 5; 20; 35; 39; 46; 72; 157; 187; 191
Artur Pendragon 6; 83; 103; 104; 105; 177; 178
Arya Stark 7; 23; 43; 61; 62; 70; 110; 115; 154; 155; 158; 159; 163; 164; 170
Asgard 41; 60; 114; 168; 169
Atlântida 6; 80; 81; 84
Atridas 112
Avalon 83; 106
Azor Ahai 24; 133; 180; 181; 195

B

Bárbaros 45; 135; 136; 141; 142
Batalha da Água Negra 73; 75; 77
Batalha dos Bastardos 110; 163; 182
Bran Stark 8; 24; 36; 41; 154; 165; 166; 167; 168; 169; 170; 171; 172; 179; 188
Brienne de Tarth 61; 101; 102; 103; 104; 115; 138

C

Caminhantes Brancos 14; 21; 25; 26; 28; 31; 50; 105; 106; 165; 171; 178
Castor e Pólux 160
Catelyn Stark 7; 61; 103; 104; 110; 111; 113; 114; 115; 150
Cersei Lannister 7; 59; 110; 120; 122; 123; 124; 125; 127; 135; 138; 150; 159; 162
Circe 89; 120; 121; 122; 124; 132
Corvo 8; 24; 33; 165; 167; 168; 172
Corvo de três olhos/Brynden Rivers 8; 24; 165; 169; 172

Crimilda 185; 186; 187
Cronos/Saturno 21; 93; 94; 156

d

Daenerys Targaryen 8; 13; 21; 22; 23; 45; 47; 48; 49; 51; 52; 58;
    59; 68; 70; 74; 79; 84; 86; 88; 90; 91; 92; 93; 133; 138; 151;
    171; 172; 179; 184; 185; 186; 187; 188; 189; 190; 191; 196
Dido/Elissa 123
Dioniso/Baco 63
Dothraki 12; 76; 86; 143
Dragão 76; 86; 107

e

Édipo 62; 155; 179; 180
Electra 112; 160; 187
Espada 40; 42; 101; 104; 105; 106; 122; 123; 178
Europa 7; 45; 49; 75; 76; 80; 136; 140; 141

f

Fafnir 5; 49; 52; 185
Fenrir 41; 42; 43; 62
Filhos da Floresta 5; 31; 36; 37; 79; 107; 169; 171; 172
Filomela e Procne 162; 163
Fogovivo 77

g

Ganímedes 64
Gigantes 28; 30; 31; 36; 43; 44; 61; 79; 89; 114; 142
Guerra de Troia 20; 34; 73; 74; 106; 123; 134; 160
Guerra dos Cinco Reis 73; 77; 79; 103; 108; 111

h

Harpia 84; 92

Hefesto/Vulcano 20; 59; 60; 88; 106
Helena 7; 20; 71; 134; 160; 161; 163; 175
Héracles/Hércules 8; 34; 46; 47; 64; 65; 80; 106; 116; 122; 136;
    153; 170; 176; 177; 178
Hermes/Mercúrio 20; 121; 133; 139; 170; 177
Homens de Ferro 6; 70; 73; 74; 130
Homens Sem Rosto 7; 155; 156; 157; 164
Hugin e Munin 168
Hybris 29; 30; 60; 62; 81; 82

I

Ifigênia 71; 72; 112; 160; 187
Imortais 89

J

Jon Snow/Stark/Targaryen 8; 23; 50; 59; 65; 67; 104; 129; 133;
    134; 154; 163; 171; 173; 174; 176; 177; 178; 179; 180; 181;
    182; 183; 191; 196

K

Khal Drogo 88; 90; 132; 138; 143

L

Leão 12; 153; 176
Lobisomem 41; 157
Lobo 5; 38; 39; 40; 41; 42; 43; 44; 62; 114; 157; 170
Loki 36; 42; 43; 49; 114
Lomas Grandpas 28; 97; 149

M

Melisandre de Asshai 7; 14; 24; 28; 72; 76; 88; 90; 129; 130; 131;
    132; 133; 134; 180
Merlin 5; 41; 49; 50; 105; 157; 178

Metamorfose 87
Midgard 22; 30; 31; 42
Mindinho/Petyr Baelish 124; 159; 163
Mirri Maz Duur 90; 132
Muralha 5; 7; 14; 19; 22; 24; 27; 28; 29; 30; 32; 65; 70; 131; 149; 172

N

Ned Stark 38; 61; 103; 104; 107; 108; 110; 115; 120; 155; 171; 179

O

Odin 36; 41; 42; 43; 49; 60; 136; 137; 168; 169; 185
Orfeu e Eurídice 116

P

Pandora 95; 96
Poseidon/Netuno 20; 29; 71; 74; 87; 94; 158; 174
Prometeu 20; 93; 94; 95; 96; 130

R

Ragnarök 5; 23; 36; 43; 105
Remo e Rômulo 40; 140; 174
Robb Stark 59; 108; 110; 111; 114; 154

S

Sansa Stark 7; 110; 138; 154; 155; 159; 160; 161; 162; 163
Selvagens 21; 24; 27; 33; 65; 104; 135; 137; 139; 142
Senhora Coração de Pedra 115; 117
Serpentes de Areia 64

T

Thor 36; 89; 113; 114; 137
Titanomaquia 94

Troca-peles/warg 41; 90; 165; 170; 172; 188
Týr 42; 62
Tyrion Lannister 67; 77; 147; 148; 149; 150; 151; 162
Tywin Lannister 81; 104; 147; 150; 152; 162

U

Ulisses/Odisseu 20; 34; 71; 89; 121; 122; 142; 158; 159; 171; 187

V

Valíria 6; 13; 25; 79; 80; 81; 84; 85; 91; 92; 93; 106; 149
Velocino de Ouro 87; 112; 124; 175

Y

Ys 6; 81; 82

Z

Zeus/Júpiter 14; 21; 29; 39; 46; 60; 61; 64; 71; 74; 80; 88; 94; 95; 96; 111; 112; 121; 130; 140; 141; 147; 148; 149; 153; 156; 157; 160; 161; 169; 170; 173; 174; 175; 176; 177; 188

**Acreditamos
nos livros**

Este livro foi composto em Fairfield LH e
impresso pela Gráfica Santa Marta para a
Editora Planeta do Brasil em outubro de 2019.